NAME: Justus Jonas
FUNKTION: Erster Detektiv
FRAGEZEICHENFARBE: weiß
BESONDERE MERKMALE: das Superhirn der drei ???; Meister der Analyse und Wortakrobatik; erstaunlich schneller Schwimmer; zu Hause auf dem Sch
platz von Tante Mathilda und Onkel Tit
Nachdenken an seiner Unterlippe
IST FAN VON: Tante Mathildas Kirschkuc
Denksport aller Art

NAME: Peter Shaw
FUNKTION: Zweiter Detektiv
FRAGEZEICHENFARBE: blau
BESONDERE MERKMALE: für körperliche Herausforderungen immer zu haben, dafür kein Ass in der Schule; großer Tierfreund; Spezialist für Schlösser aller Art, die seinem Dietrichset einfach nicht standhalten können; neigt zu Vorsicht und Aberglauben
IST FAN VON: schnellen Autos (insbesondere seinem MG), der südkalifornischen Sonne, so ziemlich jeder Sportart

Die drei ???®

Die drei
???®

Legende der Gaukler

erzählt von Christoph Dittert

Kosmos

Umschlagillustration von Silvia Christoph, Berlin
Umschlaggestaltung von eStudio Calamar, Girona, auf der Grundlage der Gestaltung von Aiga Rasch (9. Juli 1941 – 24. Dezember 2009)

FSC
www.fsc.org
MIX
Papier aus verantwortungsvollen Quellen
FSC® C014496

Gedruckt auf chlorfrei gebleichtem Papier

ISBN 978-3-440-14841-9
Redaktion: Annemarie Chiappetta
Lektorat: Nina Schiefelbein
Produktion, Layout und Satz: DOPPELPUNKT, Stuttgart
Druck und Bindung: GGP Media GmbH, Pößneck
Printed in Germany / Imprimé en Allemagne

Die drei ???®

Legende der Gaukler

»Helft mir zu gewinnen!«

»Ich spiele«, sagte der fremde Mann mit dem feinen Anzug und den perfekt gepflegten Fingernägeln. Er war vor zwei Minuten gemütlich auf den Schrottplatz spaziert.
»Und?«, fragte Justus.
Der Besucher lächelte und zeigte strahlend weiße Zähne. »Und ihr sollt mir helfen zu gewinnen!«
Die drei ??? Justus Jonas, Peter Shaw und Bob Andrews waren seit einer halben Stunde dabei, alte Eisenstangen von Onkel Titus' Pick-up zu dem großen Schrottberg am Rand des Schuppens zu schleppen, um ihre Detektivkasse ein wenig aufzubessern. In der brütenden Hitze des Donnerstagnachmittags waren sie nicht böse über die Störung – obwohl sie nicht im Geringsten durchschauten, was der Fremde von ihnen wollte.
Genau das sagte Bob, der gerade eine der schweren Stangen in der Hand hielt, ihrem Besucher dann auch. »Ich verstehe leider nicht, worum Sie uns bitten. Wir sollen Ihnen helfen zu gewinnen? Was soll das heißen? Wir sind Detektive, wie Sie vielleicht wissen?«
»Das weiß ich sehr wohl! Schließlich habe ich euch gezielt aufgesucht und war froh, euch gleich hier zu entdecken.« Der Fremde zog sein Jackett aus. Darunter trug er ein blütenweißes Hemd. Es war völlig verschwitzt. »Sehr sonnig hier. Ich hab's zwar mit der Sonne, wie ihr erfahren werdet … aber im Moment wäre mir ein Schattenplätzchen lieber, um euch Genaueres zu erzählen.«

»Das lässt sich einrichten«, antwortete Justus. »Die drei ??? sind für jeden Auftrag offen – sofern es sich um einen Kriminal- oder Rätselfall handelt, was mir bei Ihrem Anliegen nicht sicher zu sein scheint. Dennoch hören wir uns gerne an, was Sie zu sagen haben. Unser Kollege Bob bringt noch die Stange weg, Peter und ich führen Sie derweil schon einmal zur Veranda. Dort können Sie uns alles erzählen, Mr …?« Beim letzten Wort hob er die Stimme.

»Littlehorn«, sagte der Fremde. »Elliot Littlehorn. Und ich denke schon, dass ich bei euch richtig bin. Ich hörte, euer Leitspruch sei: *Wir lösen jedes Problem.*«

»Nicht ganz, Sir«, stellte Peter klar. »Er heißt: *Wir übernehmen jeden Fall.*«

Littlehorn legte die Hände vor der Brust zusammen, indem er Fingerspitze an Fingerspitze positionierte. »Na, das passt doch prima.«

Justus ging voran, und als nach einer Minute auch Bob nachkam, saßen sie schließlich zu viert im Schatten des jonasschen Wohnhauses auf der Veranda. Tante Mathilda war in der Stadt unterwegs und Onkel Titus sichtete den neu erworbenen Nachlass, zu dem auch die Eisenstangen gehörten, die die drei ??? eben noch ins Schwitzen gebracht hatten. So konnten sie sich ungestört mit ihrem potenziellen Auftraggeber unterhalten.

»Einen Moment«, sagte Justus. »Ehe wir beginnen, hole ich etwas zu trinken. Sie sagten zwar, dass Sie es ›mit der Sonne haben‹ – was immer Sie damit genau meinten –, aber da Sie ebenso schwitzen wie wir, kann ein wenig Flüssigkeitszufuhr nicht schaden.«

»Ganz im Gegenteil«, gab Peter zum Besten. »Meine Kehle fühlt sich an wie Wüstensand im Backofen bei 220 Grad!«

»Nicht sehr treffend formuliert«, sagte der Erste Detektiv. »Ein guter Vergleich zeichnet sich dadurch aus, dass es eine gemeinsame Ebene gibt, auf der …«

»Schon klar«, unterbrach Peter. »Was ich eigentlich sagen wollte: Ich habe Durst. Und der geht nicht davon weg, dass du uns einen Vortrag über sprachliche Spitzfindigkeiten hältst.«

Justus ging mit einem »Ich bin eben gerne korrekt« in die Küche und kehrte kurz darauf mit einem Tablett zurück, auf dem vier Gläser und ein Krug roter Limonade standen. Die Eiswürfel im Krug klimperten verheißungsvoll. Justus schenkte Mr Littlehorn und sich selbst ein Glas ein, seine Freunde bedienten sich selbst.

Sie tranken, und ihr Gast ergriff das Wort. »Das Wichtigste habe ich ja schon gesagt: Ich spiele und ihr sollt mir helfen zu gewinnen. Euer Ruf in Rocky Beach ist hervorragend. Wenn man ein wenig die Ohren offen hält, hört man so einiges Bemerkenswerte über euch.«

»Das freut uns«, versicherte Justus, »aber ich verstehe immer noch nicht, was Sie von uns erwarten. Sie spielen? Was meinen Sie damit? Eine Sportart? Gesellschaftsspiele?«

»Glücksspiel?«, warf Peter ein.

»Und inwiefern könnten wir Ihnen dabei helfen?«, fuhr Justus fort, ehe er den Zweiten Detektiv anschaute. »An Glücksspiel glaube ich nicht, da es in Kalifornien verboten ist.«

»Lassen wir es Mr Littlehorn doch in Ruhe erklären«, schlug Bob vor.

Der nickte. »Gern. Wobei, wenn ich darüber nachdenke … So einfach ist das nicht.« Er verzog das Gesicht und suchte offenbar nach den richtigen Worten. »Vielleicht ist es besser, wenn ich es euch zeige. Wenn ihr es mit eigenen Augen seht, versteht ihr am besten. Ja, so ist es am einfachsten. Entschuldigt, dass ich das nicht gleich vorgeschlagen habe. Wobei …« Er nippte erneut an seinem Getränk. »Sonst wäre ich nicht in den Genuss dieser köstlichen Limonade gekommen. Kirsche, nicht wahr? Ausgerechnet!«

»Justus' Tante backt den besten Kirschkuchen dies- und jenseits des Mississippi«, sagte Peter. »Und weil diesmal noch Kirschen übrig waren, hat sie etwas Neues ausprobiert. Kirschlimonade. Wir durften gestern schon davon probieren.«

»Es schmeckt zukunftsträchtig, nicht wahr?«, ergänzte Justus. Er wollte noch fragen, wieso ihr Gast davon sprach, dass es *ausgerechnet* Kirschlimonade war, aber er kam nicht dazu. Littlehorn lachte laut auf. »Das ist die beste Beschreibung einer Geschmacksrichtung, die ich je gehört habe! Zukunftsträchtig! Fantastisch, Junge! Du solltest in die Werbung gehen. Jemanden wie dich könnte ich gebrauchen.«

»Sie haben eine Werbeagentur?«, fragte Bob.

»Na ja. Ich vermarkte mein eigenes … nun, nennen wir es ein Geschäft.«

»Das mit der Sonne zu tun hat?«, wollte Peter wissen.

Littlehorn reckte beide Daumen in die Höhe. »Ganz genau. Kommt mit mir, ich werde es euch zeigen.«

»Es wäre schon gut«, sagte Justus, »wenn Sie uns vorher noch einige Informationen geben. Sie sagten, Sie seien bei uns durchaus richtig, also geht es – zumindest im weitesten Sinne – um einen tatsächlichen Fall?«

»Nun ja, es geht, wie gesagt, zum einen um ein Spiel. Und außerdem …« Er presste die Lippen zu einem schmalen Strich zusammen, atmete tief durch und meinte: »Außerdem wurde ich bestohlen.«

Justus' Augen wurden groß. »Nun ist das Interesse der drei ??? definitiv geweckt. Erzählen Sie mehr!«

Mr Littlehorn schüttelte den Kopf. »Nicht hier. Kommt mit mir zur Steilküste, ja? Zu der Hochebene etwa einen Kilometer südlich von Rocky Beach. Kennt ihr den Bereich? Leider bin ich mit dem Fahrrad hier und kann euch nicht mit dem Auto hinfahren.«

Peter versuchte, sich diesen perfekt gekleideten Anzugträger auf einem Fahrrad vorzustellen. Das Ganze wurde immer absonderlicher. Vom Äußeren her hätte er erwartet, dass der Mann mit einem noblen Edelschlitten zum Schrottplatz gekommen war. Trotzdem erklärte der Zweite Detektiv freundlich: »Wir sind sowieso häufig mit den Rädern unterwegs.«

»Na dann – worauf warten wir noch?«, fragte Mr Littlehorn. »Brechen wir auf!«

»Aber an dem Ort, den Sie eben beschrieben haben, kann unmöglich Ihr Geschäft stehen«, sagte Bob. »Wir kennen die Gegend rund um Rocky Beach in- und auswendig. Auf der Hochebene gibt es nichts außer Felsen!«

»Ich habe mit meinem Wohnmobil heute Vormittag dort haltgemacht. Dann bin ich mit meinem Fahrrad in die Stadt gefahren – ist einfacher als mit dem klotzigen Ding. Nur eins noch, ehe wir aufbrechen.« Er deutete auf Peter. »Du hast vorhin Glücksspiel erwähnt. Darum handelt es sich natürlich nicht. Mein ›Sturz der Sonne‹ ist ein astreines Hintertürchen!«

»Ihr … ›Sturz der Sonne‹?«, fragte Peter.

»Ein … Hintertürchen?«, wiederholte Bob skeptisch.

Mr Littlehorn grinste. »Interessiert?«

»Na, und ob«, versicherte Justus, wenngleich er sich fragte, warum ihr potenzieller Auftraggeber sich so geheimnisvoll gab, und er sich deutlich lieber mit dem Auto auf den Weg gemacht hätte.

Als sie sich der Steilküste näherten, wehte vom Meer her eine erfrischende Brise. Die Luft schmeckte salzig. Die flache Felsenebene, von der Elliot Littlehorn gesprochen hatte, konnte man weithin übersehen. Darum fiel auch sein Wohnmobil sofort auf. Es war ein unscheinbares, graues Modell. Zumindest dachten die drei ??? das, bis sie dort ankamen und ihre Räder abstellten. Nun sahen sie den Wagen von der Seite, die momentan dem Meer zugewandt stand. Die ganze Fläche war tiefschwarz angestrichen und mit tausenden von hellen Punkten versehen – eine beeindruckende Darstellung des nächtlichen Sternenhimmels.

Peter deutete darauf. »Sie sprachen doch von Sonne – hier sehe ich nur Nacht!«

»Immer mit der Ruhe«, meinte Littlehorn. »Ihr werdet den Sonnensturz gleich sehen.« Er holte einen abgegriffenen Schlüssel aus seiner Hosentasche und öffnete die Tür des Wohnmobils. »Wartet kurz.« Er verschwand im Inneren.

Kurz darauf rollte er von dort eine über einen Meter lange und einen halben Meter breite und hohe Kiste zum Ausgang. »Könnt ihr mir die abnehmen? Vorsichtig, bitte!«
»Klar«, meinte Peter, griff zu – und ächzte. Erst gemeinsam mit Bob und Justus schaffte er es, das schwere Ding ins Freie zu wuchten. »Was ist da drin? Steine?«
»Dann wär's leichter«, presste Bob zwischen zusammengebissenen Zähnen hervor, während sie die Kiste absetzten.
Kurz darauf kam Littlehorn wieder zum Vorschein und schleppte eine zusammengerollte Leinwand ins Freie. Er lehnte sie vorsichtig an das Wohnmobil und widmete sich dann der Kiste. »Ich kann euch erst mal nur eine Demoversion meiner Darbietung zeigen«, kündigte er an. »Für die richtige Vorstellung werde ich noch ein Vorzelt aufbauen, das den ganzen Bereich hier überspannt. Stellt euch vor, ihr wärt in einem geschlossenen Zelt, dessen Innenseiten genauso aussehen wie die Wand des Wohnmobils.«
»Also wie ein Sternenhimmel«, sagte Justus.
»Richtig. Ihr würdet euch vorkommen wie mitten im All oder in der Aussichtskuppel eines Raumschiffs. Dann wirkt alles noch viel stärker. Aber ihr werdet auch so verstehen, worauf es ankommt.«
»Sie müssen uns gar nicht noch neugieriger machen«, versicherte Peter. »Das ist Ihnen bereits bestens gelungen.«
Littlehorn grinste. »Sonst wäre ich auch ein schlechter Gaukler!«
»Gaukler?«, hakte der Zweite Detektiv nach.
»Ich mag es, mich so zu nennen. Schausteller, Artist … das alles trifft es irgendwie auch, aber …« Littlehorn grinste.

»Na ja. Gaukler klingt besser und darauf kommt es letzten Endes an in meinem Geschäft.«
Er öffnete die Kiste und klappte aus ihrem Inneren an den beiden hinteren Ecken Holzbalken hoch, die klickend einrasteten und nun senkrecht in die Höhe standen. Zwischen ihnen hängte Littlehorn die Leinwand ein und entrollte sie. Als Nächstes holte er aus der Kiste einen Laptop, einen kleinen Beamer, ein schwarzes Kästchen mit Loch sowie einen Stoffbeutel, den er auf die Seite legte. Den Computer fuhr er hoch, tippte kurz darauf herum und ließ ihn wieder in der Kiste verschwinden, ehe er sie verschloss. Den Beamer platzierte er auf einem Tischchen davor und verbarg ihn unter dem schwarzen Kästchen. Durch das Loch schickte das Gerät ein Bild auf die Leinwand, ein beeindruckendes Weltraumfoto.
Nein – kein Foto, sondern einen Film. Am oberen rechten Rand leuchtete grell die Sonne, während links unten ein Teil eines wunderschönen blauen Planeten zu sehen war: die Erde. Auf der Oberfläche der Sonne brodelte es in Orange und Gelb und immer wieder schossen gebogene Flammenarme ins All – sogenannte Protuberanzen.
»Wie gesagt, normalerweise bereite ich mich besser vor, also seht es mir nach, wenn die Show nicht ganz perfekt ist«, bat Littlehorn. »Aber nun denn, an die Arbeit. Versucht euer Glück!«
»Glück?«, fragte Bob.
Mr Littlehorn schnappte sich den Stoffbeutel und holte drei Becher daraus hervor. Danach kramte er noch ein wenig darin, ehe er einen kleinen, runden und weiß angemalten Ge-

genstand ins Freie beförderte. »Vorhin, als ihr mir ausgerechnet Kirschlimonade angeboten habt … das war schon witzig. Als ob ihr von meinem Kirschkern gewusst hättet. Ich habe natürlich mehrere davon, aber der hier ist der beste! Mein persönlicher Glücksbringer.« Er grinste übers ganze Gesicht und drückte bei allen Bechern jeweils einen kleinen Knopf. Offenbar schaltete er damit verborgene Schwarzlichtlampen an, denn der weiße Kirschkern leuchtete gespenstisch auf, als Mr Littlehorn einen Becher darüberhielt. »Also, meine Damen und Herren …« Er unterbrach sich selbst. »Nun ja, in diesem Fall sind ja nur Herren anwesend. Aaalso – beginnen wir! Wo ist der Kirschkern? Passen Sie gut auf, es hängt viel davon ab! Das Schicksal der ganzen Welt möglicherweise!« Er legte den Kirschkern auf die Kiste und setzte einen Becher mit der offenen Seite darüber, sodass der Kern nicht mehr zu sehen war. Auch vom Licht im inneren des Bechers schien nichts mehr nach außen. »Mein schwarzes Loch hat den Kern verschluckt!«, sagte er. »Aber es ist nicht das einzige schwarze Loch!« Er stellte die anderen Becher, ebenfalls mit der Oberseite nach unten, rechts und links daneben. »Behalten Sie den Kern im Auge!« Er schob den rechten Becher nach ganz links, dann den jetzt mittleren nach rechts. Danach lüpfte er den Becher in der Mitte und präsentierte erneut den Kern, durch das Licht im Becher hell erleuchtet. »Und nun … bleiben Sie dran!« Seine Hände flogen hin und her und verschoben die Becher, mal langsam, mal schnell.

Die drei ??? versuchten, den Becher mit dem Kirschkern im Auge zu behalten, aber es war fast unmöglich.

»Löst das Rätsel und Millionen von Menschen werden es euch danken. Ach, was sage ich – Milliarden!« Endlich ließ Littlehorn die Becher los, hob die Arme und klatschte zweimal. »Nun«, fragte er, »wo ist der Kirschkern?«

Die drei ??? wechselten rasche Blicke. »Ich denke, links«, flüsterte Peter seinen Freunden zu.

Bob schüttelte den Kopf. »Mitte.«

Justus nickte. »Vermute ich auch! Also, zwei gegen einen. Sollen wir?«

Peter stimmte zu. »Mitte«, sagte er zu Littlehorn.

Der hob den Becher an. Darunter war nichts. »Falsch. Übel.« Er drückte eine Taste an der Seite des Beamers. Auf der Leinwand wurde die flammende Sonne größer – und rückte damit ein Stück näher an die Erde heran. Es sah imposant und bedrohlich aus. »Aber noch ist nicht alles verloren!«

In dem Moment begriffen die drei ???, wie das Spiel funktionierte. »Wann immer es Ihnen gelingt, uns zu täuschen«, sagte Peter, »kommt die Sonne der Erde näher, bis sie am Ende auf die Erde stürzt! Deswegen nennen Sie es Ihren ›Sturz der Sonne‹!«

»Komplett richtig«, sagte Littlehorn. »Oder sagen wir, fast. Die Sonne stürzt nicht wirklich auf die Erde. Aber wenn sie unserem Planeten nahe genug gekommen ist, werden die glühend heißen Flammen, die von ihr ausgehen, die Erde restlos verzehren!«

»Eine gute Show«, sagte Justus. »Aber uns würden nun auch weitere Informationen über den von Ihnen erwähnten …«

»Spielen wir zuerst zu Ende!«, bat Littlehorn. »Dann sollt ihr alles erfahren. Mal sehen, ob ihr verliert.«

Also ging es in die zweite Runde. Die Becher ruckten hin und ruckten her … vor und zurück … Littlehorn zappelte und winkte … Es ging so schnell, dass keiner der drei ??? folgen konnte. Oder doch? Beim zweiten Mal verloren sie, beim dritten Mal ebenso – erst beim vierten Mal waren sich alle einig, dass der Kirschkern ganz rechts lag. Und tatsächlich, so war es auch.
Littlehorn zwinkerte. »Ich habe euch diese Runde gewinnen lassen«, behauptete er.
Auf der Leinwand war die Sonne inzwischen ein riesiger brennender Koloss, seine Flammenarme reichten beinahe bis zur Oberfläche der Erde. Über dem blauen Planeten spielte sich ein Spektakel wie aus einem Actionfilm ab. Dort zuckte und blitzte es, die Wolken rasten durch die Atmosphäre und Qualmwolken stiegen auf. Noch eine verlorene Runde – und das ganze Spiel wäre verloren. Die Protuberanzen würden sich über die Erde stülpen und sie verbrennen.
»Nun stellt euch vor, ihr seid im Zelt, vom All umgeben«, sagte Littlehorn. »Dann wirkt alles noch viel cooler. Ganz davon abgesehen, dass ich dramatische Musik laufen lasse.«
Vor allem Peter und Bob waren begeistert. Justus sah das Ganze etwas nüchterner. »Ich nehme an, Sie spielen diese von Ihnen stimmungsvoll umgesetzte Variante des klassischen sogenannten Hütchenspiels gegen Geld, richtig? Ihre Kunden zahlen einen gewissen Preis in der Hoffnung, mehr zu gewinnen. Auch wenn Sie es ein Hintertürchen nennen – da kann ich Ihnen absolut nicht zustimmen. Das Hütchenspiel ist eindeutig ein Glücksspiel oder eine Sonderform davon, nämlich eigentlich ein Trickbetrug. Es ist fast überall in

Amerika verboten, wenn öffentlich um Geld gespielt wird. Es gibt viele Möglichkeiten zu tricksen und ich bin sicher, dass Sie einige davon angewandt haben. Wir sind nicht so naiv, wie Sie vielleicht denken mögen!«

»Du kennst dich gut aus«, lobte Littlehorn, »und prinzipiell hast du recht. Ich werde es euch erklären – aber ich sehe dir an, dass du noch mehr Fragen auf dem Herzen hast. Also, heraus damit!«

»Ganz davon abgesehen, dass wir Sie bei einem illegalen Glücksspiel und Trickbetrug niemals unterstützen würden«, sagte Justus, »verstehe ich nicht, wie wir Ihnen überhaupt dabei helfen könnten, zu gewinnen. Sie scheinen das alleine sehr gut hinzubekommen. Ich glaube Ihnen sogar, dass Sie uns die eine Runde haben gewinnen lassen. Also – was sollen wir Ihrer Meinung nach für Sie tun? Und was hat es mit dem Diebstahl auf sich? Oder war das nur ein Vorwand, um uns hierherzulocken?«

»Nein, Justus«, meinte Littlehorn. »Natürlich stimmt es, dass ich beim Hütchenspiel ganz gut alleine gewinnen kann. Das Problem sind nicht die Kunden, sondern die anderen! Und die werden sicher nicht mehr lange auf sich warten lassen.«

Peter stützte sich auf den Rand der Kiste. »Die anderen? Welche anderen?«

Littlehorn presste wieder kurz die Lippen zusammen. Dann hob er den Arm und deutete an den drei Jungen vorbei Richtung Küstenstraße. »Da kommen sie«, sagte er verärgert. »Wusste ich's doch!«

Die drei ??? drehten sich um. Auf der Straße donnerte eine

Wagenkolonne heran. Vorneweg fuhr ein knallroter Bully, aus dem laute Rockmusik schallte. Hinterher kam eine bunte Ansammlung von Gefährten, an denen Fähnchen flatterten: moderne Wohnwagen, bemalte Zirkuswagen aus Holz, Pick-ups mit Anhängern.

»Wegen dieser Leute«, sagte Littlehorn, »brauche ich eure Hilfe!«

Von Zwergen und Dieben

Die Wagen bremsten merklich ab, als sie über die Felsenebene holperten. Sie fuhren direkt auf Littlehorns Wohnmobil zu, allerdings hielt der schreiend rote Kastenwagen in etwa zweihundert Meter Entfernung an und die anderen Fahrzeuge gruppierten sich um ihn herum. Als alle standen, schaltete der Fahrer des ersten Autos auch die Musik aus.

»Wer sind diese Leute?«, fragte Peter und deutete auf den Zirkuswagen, der ihnen am nächsten stand. »Ein Wanderzirkus? Gehören die zu Ihnen?«

»Eine Art Zirkus, ja«, sagte Littlehorn. »Wenngleich anders, als man es sich so vorstellt. Vielleicht eine Mixtur aus Zirkus, Jahrmarkt und einer Art reisender Showbühne. Und ob sie zu mir gehören … Na ja … sie sind das Problem.«

»Inwiefern?«, fragte Justus. »Reisen diese Leute Ihnen nach?«

»Nein. Sie reisen nicht mir nach – sondern vielmehr reise ich ihnen voraus. Und das gefällt ihnen nicht.«

»Wie meinen Sie das, Sie reisen ihnen voraus? Wie soll das funktionieren?«, fragte Peter verblüfft.

»Denk mal nach, Zweiter«, forderte Justus. »Dieser Zirkus, wenn wir ihn so nennen wollen, bis wir einen korrekten Terminus gefunden haben, hat natürlich einen Tourneeplan. Mr Littlehorn kennt ihn, weil er vermutlich nicht geheim ist … und er ist einfach immer einen Tag vor ihnen beim jeweils nächsten Gastspielort.«

Der vordere Zirkuswagen öffnete sich als Erster und heraus kam ein Mann in abgewetzten Jeans und einem grauen T-

Shirt. Auf seiner Schulter saß ein kleiner Schimpanse und patschte dem Mann mit einer Hand auf den Kopf, während er mit der anderen eine Banane hielt und sie verspeiste.

Auch aus den anderen Wagen stiegen nach und nach Menschen. Sogar zwei Kinder waren darunter – eins stand neben einer Frau, die als Clown verkleidet war.

Der Zweite Detektiv kniff die Augen zusammen und beschirmte sie mit der flachen Hand, um von der Sonne nicht geblendet zu werden, als er genauer hinsah. »Seltsam. Seht ihr die Mutter dieses kleinen Jungen dort drüben? Mag ja sein, dass sie in diesem Zirkus als Clown auftritt – aber warum trägt sie ihr Kostüm schon jetzt?! Es ist doch klar, dass hier noch kein Publikum wartet!«

»Da täuschst du dich, mein Junge«, sagte Elliot Littlehorn.

»So?«, fragte Peter. »Ich sehe keine Besucher. Von uns mal abgesehen, und das konnte sie ja kaum wissen. Außerdem sind wir kein Publikum im eigentlichen Sinn.«

»Das meinte ich nicht. Die Frau ist nicht die Mutter des Kleinen. Und der ist kein Kind.«

»Ach?«, machte Peter.

»Er ist ein Zwerg«, stellte Littlehorn klar.

»Ein Liliputaner?«, fragte Peter.

»Nicht alle Kleinwüchsigen sind Liliputaner«, korrigierte Justus.

»Ein *Zwerg*«, wiederholte Littlehorn betont. »So bezeichnet er sich selbst. Wenn ihr mir nicht glaubt, fragt ihn. Ihr werdet sicher Gelegenheit dazu haben.«

Derweil beendete der Schimpanse seine Mahlzeit, sprang von der Schulter des Mannes und mit weiten Sätzen auf den

Zirkuswagen, von wo aus er von Autodach zu Autodach hüpfte und schließlich auf einem der hohen Anhänger stehen blieb.

»Zurück zur Sache«, bat der Erste Detektiv. »Sie reisen anderen Leuten aus eigenem Antrieb voraus, und trotzdem sagen Sie, dass diese anderen Ihr Problem sind. Sie ziehen Leuten mit Trickbetrug Geld aus der Tasche und behaupten gleichzeitig, Sie selbst seien bestohlen worden, ohne dazu ins Detail zu gehen. Ich muss sagen, das ist einer der ominösesten Aufträge, mit denen je ein Klient an uns herangetreten ist.«

»Na, das will ich doch hoffen!«, sagte Littlehorn. »Ich liebe das Undurchschaubare, es gehört zu meinem Leben dazu! Und meine Kunden lieben es auch, deshalb kommen sie zu mir. Ich ziehe übrigens niemandem Geld mit Trickserei aus der Tasche, diese Bedenken kann ich ausräumen. Ich habe eine Lizenz für meine Show – denn genau das ist es. Eine Show. Eine Kleinkunstveranstaltung. Die Leute wissen, dass sie gewissermaßen übers Ohr gehauen werden. Sie wetten nicht, sondern sie bezahlen Eintritt, und das nicht nur, um zuzuschauen, sondern um teilnehmen zu können. Sie wollen sich verzaubern lassen, über meine Tricks staunen. Ich kann euch später ein paar zeigen, wenn ihr wollt. Jedenfalls ist alles legal. Auch eure hiesige Polizei weiß Bescheid. Ich war bei einem gewissen … Wie hieß er doch gleich … Inspektor …?«

»Cotta vielleicht?«, schlug Peter vor.

»Cotta, genau.«

»Sie haben also«, meinte Bob, »wie Sie es vorhin sagten, ein Hintertürchen gefunden.«

»Elliot!«, schallte es plötzlich aus Richtung der Wohnwagen herüber. Die als Clown verkleidete Frau und ihr kleinwüchsiger Begleiter waren auf dem Weg zu ihnen.
»Elliot«, sagte die Frau noch einmal, als sie – mit übertrieben watschelnden Schrittchen in ihren übergroßen Schuhen – näher herangekommen war. »Wie unschön, dich zu sehen. Hast du dir diesmal Verstärkung mitgebracht?«
»Es sind einfach drei Jungs bei mir, Amalia. Was dagegen?«
»Wieso sollte ich? Deine Freunde sind auch meine Feinde!« Sie lachte breit mit ihrem grellrot geschminkten Mund, hob die flache Hand und drückte ihre rote Kugelnase, die den quietschenden Laut einer Gummiente von sich gab. Dann wandte sie sich an die drei ???. »Nix für ungut, Jungs. War nur Spa-ha-haß! Seht mich an. Ich kann nicht anders! Verzeiht mir.« Sie breitete theatralisch beide Arme aus.
»Wir verzeihen Ihnen«, sagte Justus großmütig.
»Wenn Sie mir eine Frage beantworten«, fügte Peter hinzu.
»Ich höre.«
»Warum sind Sie jetzt schon als … äh, wie sagt man … als Clownesse verkleidet?«
»Clownin«, meinte die Frau würdevoll. »Aber mach dir nichts draus, die wenigsten kennen das richtige Wort. Die meisten sprechen mich mit *Frau Clown* an. Und warum ich meine Dienstkleidung trage? Warum nicht? Es macht Spa-ha-haß!«
»Du und dein Spaß«, murrte der kleinwüchsige Mann.
Sie spitzte die Lippen und klimperte mit den stark getönten Wimpern. »Mit etwas Spa-ha-haß geht alles leichter, Tobin. Solltest du auch mal probieren.«

»Nur, wenn er uns Elliot vom Hals schafft.«
»Ich habe jedes Recht, hier zu sein«, stellte Littlehorn klar.
Peter war die feindliche Stimmung zwischen den Zirkusleuten unangenehm. »Darf ich Sie vielleicht auch etwas fragen?«, wandte er sich deshalb an den kleinwüchsigen Mann.
»Du willst von mir etwas wissen? Ich meine – ich frag ja nur. Die meisten nehmen mich gar nicht erst wahr. Gucken einfach über mich weg!« Er hob die rechte Hand und hielt Daumen und Zeigefinger ein winzig kleines Stück auseinander, um zu zeigen, wie klein er war.
»Mr Littlehorn sagte, Sie nennen sich selbst nicht kleinwüchsig, sondern einen Zwerg. Wieso das?«
Der Mann grinste breit. »Ich verdiene mein Geld damit, dass die Leute mich angaffen, weil ich ein Zwerg bin. Also bin ich ein Zwerg. Schluss, aus, Ende. Und es klingt zumindest besser als *Gnom*! Jetzt habe ich eine Frage an dich.«
»Ja?«, fragte der Zweite Detektiv.
»Was macht ihr ausgerechnet bei dem da?« Er deutete auf Mr Littlehorn.
»Er zeigt uns sein Geschäft«, sagte Peter schnell, denn er wollte nicht den wahren Grund erklären, der sie hierhergeführt hatte. Sollten sie den Fall annehmen – wenn es denn wirklich ein Fall war –, konnte es von Vorteil sein, wenn niemand wusste, dass sie als Detektive arbeiteten. »Wir sind mit unseren Rädern unterwegs gewesen und haben seinen Wohnwagen zufällig entdeckt.«
»Er hat also schon Kunden an Land gezogen«, meinte die Clownin. »Alle Achtung. Schöner wäre es allerdings, er hätte das sonst irgendwo getan. Die Welt ist ja eigentlich groß

genug, müsste man meinen. Sogar ein Dickschädel wie der von Elliot Bighorn hätte anderswo noch Platz. Oh, habe ich den falschen Namen gesagt? War nur …«

»… Spaß, ich weiß«, fiel Littlehorn ihr ins Wort. »Gibt's sonst noch was? Wenn nicht, würde ich gern wieder allein mit meinen Kunden sprechen.«

»Ganz wie gewünscht!« Die Clownin watschelte davon, ihr Begleiter folgte mit – für ihn – großen Schritten.

»Also, Sir«, sagte Justus. »So faszinierend das alles ist – wir müssen Ihnen mitteilen, dass wir bislang keinen Fall erkennen, bei dessen Lösung wir Ihnen behilflich sein können. Also entweder nennen Sie nun die Dinge beim Namen o…«

»Du entschuldigst, wenn ich dir ins Wort falle, ja?« Mr Littlehorn deutete auf die geparkten Wagen. »Ich verstehe, dass euch das alles etwas undurchsichtig erscheint. Aber ihr habt es ja gerade erlebt! Diese Leute dort feinden mich an. Sie haben etwas gegen mich.«

»Wenn ich es richtig verstehe«, sagte Peter, »liegt das daran, dass Sie Ihren Sonnensturz immer dort aufbauen, wo der Zirkus auftritt. Dass Sie also den Zirkusleuten die Kunden wegnehmen. Oder zumindest davon profitieren, dass der Zirkus Kunden anzieht, die dann auch bei Ihnen vorbeischauen. Ganz ehrlich … irgendwie ist das auch verständlich.«

»Ihr versteht nicht, worum es geht!«

Bob seufzte. »Dann erklären Sie es, ohne noch länger drum herumzureden! Es gab einen Diebstahl, sagen Sie.«

»Und das wäre eine echte Gesetzesübertretung, bei deren Aufklärung wir behilflich sein könnten«, fügte Justus hinzu.

»Ja. Bei der letzten Station haben diese Leute mich bestohlen. Es war ganz sicher einer von ihnen, aber ich weiß nicht, wer. Findet den Dieb!«
»Haben Sie einen Verdacht?«, fragte Justus.
»Sie können mich alle nicht leiden!« Mr Littlehorn redete sich nun in Rage. »Verhindert, dass diese Leute mich weiter bestehlen. Dass sie mich wegekeln. Dass sie die Besucher vor mir warnen!«
»Das sind schwere Anschuldigungen«, sagte Bob.
»Könnt ihr mir helfen?«, fragte der Gaukler nun mit verzweifelter Stimme.
»Okay. Wir werden es versuchen«, sagte Justus. »Hiermit sind Sie offiziell unser Auftraggeber. Was genau ist Ihnen gestohlen worden und woher wissen Sie, dass es einer der Schausteller gewesen ist?«
»Meine Kasse mit den Einnahmen des Tages. Das ist jetzt drei Tage her. Wie viel genau ich schon eingenommen hatte, weiß ich nicht. Dreihundert, vielleicht vierhundert Dollar.«
Drüben begannen die Zirkusleute, die Anhänger auszuladen. Es klimperte und klirrte, sodass sich die drei ??? beinahe vorkamen wie auf dem Schrottplatz, wenn Onkel Titus neue Waren sortierte und umherschleppte. Justus schätzte, dass die Gruppe aus etwa 30 Leuten bestand.
»Haben Sie schon daran gedacht, einfach getrennte Wege zu gehen?«, fragte Peter.
»Einfach so aufgeben?«, fragte ihr Auftraggeber. »Und denen mein Geld überlassen? Nein, das kommt nicht infrage. Wisst ihr, bis vor wenigen Wochen habe ich offiziell zu der Truppe gehört. Es gab Streit. Und ich bin nicht der Einzige, bei dem

es mit der Zusammenarbeit knirscht. Dort herrscht ganz und gar nicht eitel Sonnenschein.«
»Was für einen Streit gab es?«
»Ich bin mit dem Chef der Truppe, mit Kelvin Mitchell, aneinandergeraten. Das ist alles. Kelvin ist an sich in Ordnung, ihm traue ich den Diebstahl eher nicht zu – aber jedem anderen schon, einschließlich der Dame, die immer nur Spa-ha-haß haben will. Findet den Dieb! Vielleicht gehe ich danach tatsächlich meiner Wege. Obwohl das nicht so einfach ist. Alleine kann ich schwer überleben. Wo soll das Publikum herkommen?«
»Wir werden ermitteln«, sagte Justus. »Als Erstes müssen wir uns einen Eindruck von der Truppe verschaffen.« Völlig unvermittelt marschierte er los.
»Was hast du vor?«, fragte Bob. »Willst du einfach so dort reinspazieren?«
»Natürlich«, antwortete der Erste Detektiv, ohne sich auch nur umzudrehen. »Was denn sonst? Na kommt schon!«

»Und wenn du denkst, es geht nicht mehr – kommt von irgendwo ein Zwerglein her!«
Die Stimme tönte aus der offen stehenden Tür des Wohnwagens, an dem die drei ??? gerade vorbeigingen. Im nächsten Moment hüpfte der kleinwüchsige Mann ins Freie, den sie bereits kurz kennengelernt hatten. Er sah zu den Jungen auf. »Na, hat Elliot euch rübergeschickt, damit ihr euch selbst ein Bild davon machen könnt, wie böse wir sind?«
Justus beugte sich leicht vor. »So würde ich das nicht ausdrücken, Mr …?«

»Muller. Tobin Muller. Also, was wollt ihr hier? Wir haben eine Menge zu tun, wisst ihr. Morgen ist Freitag – ab nachmittags geht das Geschäft los. Da muss noch eine Menge hergerichtet werden!«

Ein paar Meter vor ihnen stemmten gerade einige Männer eine Plane in die Höhe und schlossen so ein Vorzelt vor einem Wohnwagen. Von irgendwo aus dem Trubel rundum kam das Badeenten-Quietschen der Plastiknase der Clownin.

»Wir wollen Sie selbstverständlich nicht stören, Mr Muller«, versicherte Bob. »Wir finden es nur super, dass wir zufällig so früh auf Ihre Truppe aufmerksam geworden sind! Wann hat man schon mal die Chance, einen Zirkus beim Aufbau zu beobachten!«

»Wir werden nicht gern Zirkus genannt.«

»Warum?«

»Weil wir anders sind. Einmalig! Nicht wie alle anderen. Unsere Truppe gibt es schon seit über hundert Jahren! Na ja, nicht uns selbst natürlich. Schon meine Eltern waren dabei. Ich wurde hier geboren und hier werde ich sterben.« Er grinste breit. »Aber das hat noch Zeit.«

Justus lag etwas anderes auf dem Herzen. »Sie haben gesagt, morgen geht das Geschäft los. Mich wundert, dass wir noch gar nichts von der Ankunft Ihrer Truppe gehört haben. Wir wohnen in Rocky Beach, aber uns sind nirgends Plakate oder sonstige Werbung aufgefallen. Und eigentlich entgeht uns so etwas nicht!«

»Verflixt! Harriet! Harriet!«, ertönte plötzlich eine Stimme hinter Mr Mullers Wohnwagen, aber das Fahrzeug verhinderte, dass sie sehen konnten, zu wem sie gehörte. »Schaff mir einer dieses Biest vom Leib! Es hat meinen Schraubenschlüssel geklaut!«

Tobin Muller kicherte. »Wartet … gleich kommt … na … ah, ja!« Im selben Moment ertönte das keckernde Kreischen eines Affen – mutmaßlich des Schimpansen, den sie bereits aus der Ferne beobachtet hatten. Es klang, als lachte das Tier.

»Geht nur, schaut es euch an«, forderte der Kleinwüchsige. »Einfach um den Wagen herum! Ich kann eure Frage auch nachher noch beantworten.«

Die drei ??? eilten los und nur Sekunden später bot sich ihnen ein verrücktes Bild. Ein Mann mit blauer Arbeitshose stand auf dem Zirkuswagen vor einer offenen Dachluke. Am anderen Ende des Dachs stand der kleine Schimpanse – offenbar noch ein junges Tier – und reckte triumphierend einen Schraubenschlüssel in die Höhe. Dabei wiegte er sich hin und her und tappte von einem Fuß auf den anderen. Als der Mann einen Schritt um die Luke wagte, kreischte der Schimpanse wieder und tat so, als wolle er vom Wagen springen.

»Harriet!«, sagte der Mann – es war dieselbe Stimme wie vorhin. »Na los, gib mir den Schraubenschlüssel. Gib mir …«

Dann sprang er urplötzlich los, doch der Affe war schneller. Der Mann landete wackelnd wieder auf dem Wagendach, während Harriet elegant an der Seite herunterturnte. Um beide Hände frei zu haben, hatte sich das Tier den Schraubenschlüssel quer in den Mund gesteckt.

»Du elendes Mistvieh!«, rief der Mann.

»Stell dich nicht so an, elender Mistkerl!«, erklang nun eine zweite Stimme, und der Mann mit der abgewetzten Jeans und dem grauen T-Shirt tauchte auf. »Harriet wird's dir schon zurückgeben.« Er ging auf den Schimpansen – oder dem Namen nach wohl eher die Schimpansin – zu und streckte die Hand aus. »Na komm …«

Harriet nahm das Werkzeug aus dem Mund und klatschte es ihrem Besitzer in die Hand. Ein bisschen Sabber tropfte davon herunter, was Peter ziemlich eklig fand.

»Prima, Harriet, bist meine Beste!« Der Mann tätschelte dem Affen den Kopf, woraufhin dieser wieder sein Kreischen von sich gab und davonhüpfte.

Der Mann auf dem Dach sah ihr grimmig hinterher und brummelte: »Sollen doch die drei Toten das Vieh holen …«

»Tja, so geht's bei uns zu, Jungs«, sagte der kleinwüchsige Tobin Muller, der plötzlich hinter den drei ??? stand. Sie hatten ihn gar nicht kommen gehört. »Passt das zu dem, was Elliot euch erzählt hat?«

»Er hat uns nichts Spezielles erzählt, Sir«, sagte Justus, der über die seltsame Bemerkung über die drei Toten nachdachte. War das typischer Gaukler-Jargon? »Aber es war ein durchaus interessant zu nennendes Erlebnis.«

»Reden die jungen Leute hier so?«, fragte Mr Muller. »*Ein durchaus interessant zu nennendes Erlebnis*?«

»Nicht alle«, versicherte Peter.

Der Kleinwüchsige lachte. »Ich schulde euch noch eine Antwort. Warum hängen wir im Vorfeld keine Plakate auf? In einer Kleinstadt wie eurem Rocky Beach setzen wir eher auf Mund-zu-Mund-Propaganda. Das ist viel wirkungsvoller.

Unsere Anwesenheit spricht sich herum und die Leute werden neugierig. Plakate und Anzeigen nimmt in der Fülle der ganzen Werbung doch sowieso keiner mehr wahr.«
Dieses Argument fanden die drei ??? zwar ein wenig seltsam, denn ganz ohne Werbung ging es doch wohl auch nicht. Aber das sollte nicht ihr Problem sein. Vielleicht redeten es sich diese Schausteller auch schön, weil Werbung schließlich Geld kostete. Und wenn sie mit ihrer Mund-zu-Mund-Methode gute Erfahrungen gesammelt hatten, warum nicht?
»Ihr drei könntet zum Beispiel schon mal von Harriet erzählen. Das interessiert eure Schulfreunde bestimmt. Ich und die anderen werden heute Abend in die Bars und Kneipen eurer Stadt gehen. Glaubt mir, mich starrt sowieso jeder an – und ich drücke ihm dann als Ausgleich einen Flugzettel in die Hand. Es hat auch seine Vorteile, ein *Zwerg* zu sein!«
»So langsam verstehe ich«, sagte Peter.
»Aber jetzt müssen wir die Zeit nutzen, ehe es dunkel wird! Kommt morgen wieder. Ich lasse euch umsonst in die Zaubershow von mir und meinem Partner.«
»Danke, das ist nett«, sagte Bob.
»Nett, jaja – aber jetzt verschwindet! Geht Hausaufgaben machen, oder was immer ihr so tun müsst. Hier wird jetzt gearbeitet!«
Hausaufgaben … ja, da stand in der Tat noch etwas an. Und die Eisenstangen waren auch noch nicht vollständig abgeladen. Die drei Jungen wollten sich gerade auf den Heimweg machen, als sie ein bekanntes Gesicht entdeckten.
Was in aller Welt machte Inspektor Cotta hier?

Mr Glatzkopf hat ein Problem

»Guten Tag«, sagte der Erste Detektiv.

Inspektor Cotta hatte gerade mit einem der Schausteller gesprochen, der sich nun entfernte. Der Polizist drehte sich um. »Justus Jonas. Und natürlich mit Peter und Bob im Schlepptau. Das ist ja mal wieder typisch. Keiner in Rocky Beach weiß von diesem Zirkus – aber ihr drei seid schon hier!«

»Nun, Sir – Sie ja auch. Damit wären wir schon vier aus Rocky Beach, die …«

»Schon gut«, unterbrach Cotta. »Der Unterschied ist, dass ich davon wissen musste. Dienstlich. Schließlich habe ich die Genehmigung für diese *Veranstaltung* erteilt.«

»Sie betonen das Wort so eigenartig«, sagte Peter. »Ist es denn keine Veranstaltung?«

»Das wissen diese Leute wohl selbst nicht. Kein Zirkus, kein Jahrmarkt. Ich habe es letztlich einfach als Zirkus in die Akten gegeben, aber glaubt mir, ›Der finstere Stern‹ ging mir ganz schön auf die Nerven.«

Aus einiger Entfernung war ein derber Fluch zu hören, ein Mann brüllte: »Mach deinen Kram gefälligst alleine«, und darauf folgte eine Frauenstimme, die rief: »Das war ja klar, dass du mir nicht hilfst!«

Justus war einen Moment abgelenkt, ehe er sich wieder auf Inspektor Cotta konzentrieren konnte. »Der finstere Stern? Was meinen Sie damit?«

»So nennt sich dieser Zirkus. Sag bloß, das wusstet ihr nicht.

Aber fragt mich nicht, wieso sie sich so bezeichnen. Das ist mir nämlich völlig gleichgültig. Ist ja eher eure Spezialität, solche Rätsel zu lösen. Fragt doch Mr Mitchell.«

»Den Chef der Truppe?«, fragte Bob.

Der Inspektor nickte. »Wisst ihr also doch das eine oder andere. Hätte mich auch gewundert, wenn es anders wäre. Seid ihr wegen eines eurer Fälle hier?«

»So ist es«, sagte Justus, während sich eine schlanke Frau ganz in der Nähe zwischen zwei geparkten Autos hindurchquetschte. Sie sah wütend aus, wahrscheinlich war sie es, die eben geflucht hatte.

»Wobei wir noch nicht wissen, in welche Richtung sich dieser Fall entwickeln wird«, ergänzte Bob. »Deshalb fragen wir uns, ob Sie …«

»Da braucht ihr gar nicht erst zu hoffen, dass ich wegen eines Verbrechens hier bin. Ich musste mich nur vor Ort vergewissern, dass diverse Sicherheitsbestimmungen erfüllt werden. Damit ist mein Job getan. Zum Glück. Ich habe einen Stapel Arbeit auf dem Schreibtisch liegen, der nicht von alleine kleiner wird. Jungs, ich empfehle mich.« Er hob kurz die Hand und bahnte sich einen Weg durch die schwer beschäftigten Schausteller, die ihre Wagen umparkten, Zelte aufstellten oder verschiedenartigste Dinge durch die Gegend schleppten.

»Da geht es uns wohl wie ihm«, meinte Peter. »Auf uns wartet auch Arbeit. Eisenstangen und Hausaufgaben. Ich habe wirklich gar keine Lust auf Schule morgen, ich würde viel lieber direkt wieder hierherkommen.«

Sie gingen zu ihren Fahrrädern und fuhren in Gedanken

versunken über die Felsenebene zur Küstenstraße Richtung Rocky Beach.
Als die ersten Häuser in Sicht kamen, brach Justus das Schweigen. »Äußerst seltsamer Spruch von dem Mann auf dem Dach. *Sollen doch die drei Toten das Vieh holen.*«
»Wovon sprichst du?«, fragte Bob.
»Fand ich auch, Just«, warf Peter ein. »Als der Schimpanse nach seinem ›Diebstahl‹ weggesprungen ist, hat ihm der Typ auf dem Zirkuswagen das nachgerufen. Klang fast wie ein Fluch.«
»Das ist bestimmt einfach so ein Spruch unter Gauklern«, sagte Bob.
»Das habe ich auch gedacht«, erklärte Justus. »Aber wir sollten es morgen trotzdem verifizieren.«

Die drei Jungen quälten sich durch den Schulvormittag. Umso freudiger stiegen sie am frühen Nachmittag auf ihre Räder und fuhren zurück zur Küste.
Justus schnaufte. »Ich bin gespannt … was die Mund-zu-Mund-Propaganda … über Nacht bewirkt hat. Viele Autos … haben uns unterwegs … nicht überholt.«
»Aber dahinten scheinen einige Besucher zu parken«, sagte Peter. »Mehr, als ich gedacht habe. Die eigenwillige Werbemethode funktioniert. Es ist schließlich noch früher Freitagnachmittag, heute Abend könnte hier einiges los sein!«
In der Tat parkten etwa ein Dutzend Autos am Straßenrand neben der Felsenebene. Die drei ??? stellten ihre Fahrräder ebenfalls dort ab, dicht zusammen, und ketteten sie mit ihren Schlössern aneinander.

Nicht weit von ihnen beugte sich die Clownin gerade zu einem Mädchen hinab und reichte der Kleinen eine Papierblume. Das Kind war etwa fünf oder sechs Jahre alt und grinste übers ganze Gesicht. Ein dicker brauner Pferdeschwanz baumelte dem Mädchen im Nacken. An einer kurzen Leine hielt es ein Hündchen, das daran zerrte, als wollte es sich losreißen. Die Clownin ließ ihre Gumminase quietschen, was ein noch breiteres Grinsen hervorlockte.

Auf den ersten Blick schien den Besuchern auf dem Festplatz einiges geboten zu werden. Über einer kleinen, baufälligen Bühne – wahrscheinlich nur ein paar Holzpaletten, über denen ein schwarzes, robustes Tuch lag – verhieß ein Schild marktschreierisch *›Die größte Zaubershow weit und breit‹*.

Ein anderes Schild, das über einer Wohnwagentür baumelte, zeigte eine Glaskugel, über der in großen Buchstaben *›IHRE Z-U-K-U-N-F-T‹* stand.

Aus einem mit orientalischen Halbmonden bedruckten Zelt dudelte Meditationsmusik. Eine junge Frau stand davor; sie hatte ein Baby auf dem Arm, das herzzerreißend heulte.

Mehr sahen die drei ??? nicht, während sie sich dem Ort des Geschehens näherten; von außen war bei Weitem nicht alles zu überblicken.

Noch ehe sie den eigentlichen Festplatz betraten, übertönte ein wütender Ruf alles andere: »Ein Dieb! Ich bin bestohlen worden!«

Eine Sekunde lang blieben die drei Jungen wie angewurzelt stehen.

»Helft mir! Haltet ihn!«

Dann spurteten sie los.

Peter war am schnellsten. Er gewann rasch ein paar Meter Vorsprung, wurde dann aber ausgebremst, weil zu viele Leute im Weg standen.
Ein dürrer Mann mit Glatze und einem ärmellosen T-Shirt blickte sich um und rief erneut: »Ich bin bestohlen worden!«
Rundum sahen die Leute zwar bestürzt aus und eine Frau deutete auf den Mann, aber niemand tat etwas.
Peter war zuerst bei dem Bestohlenen. »Haben Sie den Dieb gesehen, Sir? Wie sah er aus?«
»Natürlich nicht! Sonst wär ich ihm ja hinterher!«
»Wann ist es passiert?«
»Hab's eben bemerkt.«
»Was fehlt Ihnen?«, fragte Bob, der nun auch heran war.
»Mein Geldbeutel!«
»Könnte es auch sein, dass Sie ihn verloren haben? Wenn Sie gar nicht genau wissen …«
»Vorhin hat mich einer angerempelt«, sagte Mr Glatzkopf. »Da ist es passiert. Garantiert! Da hat der Kerl lange Finger gemacht und mir mein Portemonnaie aus der Hosentasche gezogen!«
Die Traube an Leuten rundum wurde größer.
»Wie hat der Mann ausgehen?«, fragte Bob.
Mr Glatzkopf schaute sich weiter um, und mit einem Mal deutete er zu einem der Zirkuswagen. »Da! Dieser Kerl mit der dunklen Mütze, der Sonnenbrille und dem rosa … Dings! Das war er!«
Der Mann, den er meinte, hatte sich tatsächlich mit diesen klassischen Mitteln völlig unkenntlich gemacht. Außerdem trug er einen lose fallenden weißen Pullover und Jeans. Nur

das schlauchförmige rosafarbene Stück Stoff, das er sich über den linken Unterarm gezogen hatte, wollte so gar nicht zu seiner Tarnung passen.
Der Fremde quetschte sich jetzt zwischen dem Zirkuswagen und einem dicht daneben geparkten Auto hindurch.
Wieder reagierte Peter schneller als alle anderen. Er rannte los und setzte mit einem weiten Sprung über eine Ecke der Zauberbühne hinweg. Eine Frau trat ihm mit einem spitzen Aufschrei aus dem Weg.
Der Fremde verschwand hinter einem weiteren Wohnwagen und schien sich nach rechts zu werfen.
Peter blieb nur eine Sekunde, um sich zu entscheiden – ging der andere tatsächlich nach rechts oder war es eine Finte? Der Zweite Detektiv vertraute auf seinen Instinkt und rannte andersherum um den Wagen, um dem Flüchtenden den Weg abzuschneiden. Er hetzte um die Ecke … und stieß fast mit dem anderen zusammen, der aufschrie und gerade noch zur Seite sprang.
Peter erwischte ihn trotzdem am Arm, dicht über dem rosafarbenen Stoffschlauch. Der andere strauchelte, versuchte sich loszureißen. Peter verstärkte den Griff. »Geldbeutel«, presste er schwer atmend heraus. »Haben Sie …«
Der andere nutzte die freie Hand, griff in seine Hosentasche, hielt etwas in der Hand und schleuderte es Peter ins Gesicht. Es öffnete sich dabei – und nahm dem Zweiten Detektiv die Sicht, während sich ein klimpernder Strom Münzen auf den Boden ergoss.
»Da hast du ihn!«, schrie der Fremde, und vor Überraschung lockerte Peter den Griff.

Der Dieb konnte sich dank dieser verrückten Aktion losreißen und rannte davon.
»Stehen bleiben!«, hörte Peter von irgendwo, doch er kümmerte sich ebenso wenig darum wie der Dieb. Der hatte schon einige Meter Vorsprung, bis der Zweite Detektiv die Verfolgung wieder aufnehmen konnte.
Sie hetzten hintereinanderher – auf die geparkten Autos der Besucher zu! Peter erkannte, was der andere vorhatte und wie er entkommen wollte. Schon hielt er den Schlüssel in der Hand … Im nächsten Moment leuchteten die Blinker eines Wagens auf und es klackte. Die Türen waren offen!
Der Dieb riss die Fahrertür auf, schwang sich hinein.
Peter war fast heran, als schon der Motor ansprang und das Auto mit quietschenden Reifen davonbrauste – ein alter Buick.
Dem Zweiten Detektiv blieb nichts anderes übrig, als dem Flüchtenden hinterherzustarren. Nicht einmal das Nummernschild konnte er erkennen – es war völlig mit Dreck verschmiert und unkenntlich gemacht.
Peter fluchte und ging zurück zum Festplatz. Dort hatte sich Justus bereits um den Geldbeutel gekümmert und die Münzen eingesammelt. Mr Glatzkopf stand daneben und nahm sein Eigentum zurück, beobachtet von etlichen Leuten rundum.
Als Peter dort ankam, jubelte die Menge.
»Fantastisch!«, hörte er, »Super gemacht!« und sogar das Wort »Held!«.
Es war ihm ein wenig peinlich, schließlich war der Schurke entkommen – aber immerhin hatte er ihm seine Beute abgenommen.

Bob und Justus traten zu ihm. »Sehr gut, Zweiter«, meinte der Erste Detektiv. »Hast du das Nummernschild …«
»Ging nicht«, sagte Peter. »Zu dreckig. Ein Buick, ziemlich alt und so grau-silbern. Davon gibt's tausende! Aber sagt mal – was war denn das für ein seltsamer Kerl? Einerseits macht er sich mit Mütze und Sonnenbrille und unauffälliger Kleidung eben … na ja, unauffällig. Und dann trägt er ein superknalliges Stück rosa Stoff um den Arm!«
»Das war ein Muff«, erklärte Justus.
»Ein – was?!«
»Ein Muff«, wiederholte der Erste Detektiv würdevoll. »Eine röhrenförmig genähte, meistens dicke und warme Stoffbahn, in die man von beiden Seiten die Hände stecken kann, um sie zu wärmen. Gewissermaßen eine besondere Art von Handschuh.«
»Wie sie auffälliger nicht sein kann, was eben gar nicht zu einem Dieb passt, der unbemerkt bleiben will!«, ereiferte sich Peter.
Justus nickte. »Ein weiteres Rätsel in unserem neuen Fall.«
Im nächsten Moment hörten die drei ??? jemanden seufzen, gefolgt von der verzweifelt klingenden Frage: »Geht das schon wieder los?« Sie erkannten den Mann sofort, und das nicht nur, weil er wie am Vortag seine abgewetzte Jeans und das graue T-Shirt trug. Es war der Besitzer des Schimpansenmädchens Harriet.
Schon wieder? Bezog sich das auf den Diebstahl an Elliot Littlehorn? Oder hatte es vielleicht sogar noch mehr gegeben? Jedenfalls hatten sie für die Ermittlungen dazu offenbar einen guten Ansprechpartner gefunden …

Das zauberhafte Zauberhündchen

Zunächst einmal kam aber Mr Glatzkopf auf Peter zu. »Ich danke dir, Junge«, sagte er und fuhr sich mit der Hand über die vor Schweiß glänzende Stirn. »Wie du hinter dem her bist, das war fast wie im Kinofilm.«
»Gern geschehen«, versicherte der Zweite Detektiv. »Ärgerlich, dass der Dieb entkommen konnte. Werden Sie sich an die Polizei wenden?«
Der andere stieß einen verächtlichen Laut aus. »Was soll das schon bringen? Der Strolch ist über alle Berge.«
Strolch. Das Wort hatte Peter schon lange nicht mehr gehört, aber er musste natürlich unwillkürlich an die »Kleinen Strolche« denken, eine Fernsehserie, bei der Justus als kleines – dickes – Kind mitgewirkt hatte. Woran der Erste Detektiv allerdings nicht gern erinnert wurde.
»Das ist natürlich Ihre Entscheidung, Sir«, mischte sich Bob ein, »aber es kann nicht schaden, wenn dieser Vorfall dokumentiert wird. Vielleicht ergibt sich später …«
»Ich will das nur vergessen«, sagte Mr Glatzkopf, »und jetzt meinen Spaß haben! Den Jahrmarktbesuch lasse ich mir nicht vermiesen!« Dann wandte er sich wieder Peter zu und drückte ihm einen Fünf-Dollar-Schein in die Hand. »Kauf dir Süßigkeiten, hier geht so eine Frau mit einem Bauchladen rum. Sollen gut sein, hab ich gehört!« Damit drehte er sich um und eilte davon.
Justus zog seine Freunde ein paar Schritte zur Seite. »Schon wieder ein Diebstahl«, sagte der Erste Detektiv.

»Und habt ihr gehört, was Harriets Herrchen vor sich hingemurmelt hat? Ob das *schon wieder losgeht?*«, fragte Bob. »Das klingt fast nach einer Verbrechensserie.«
»Kollege, ›Herrchen‹ ist wohl kaum der richtige Begriff«, beschwerte sich Justus. »Das verwendet man nur für Hundehalter.«
»Ich finde, es passt«, sagte Peter. »Was soll ich sonst sagen? Vielleicht Besitzerchen? Das klingt ziemlich albern. Und ja, Bob – ich habe es gehört.«
»Ich ebenfalls«, sagte Justus. »Wir sollten mit ihm sprechen. Ich denke, er wird uns eine Minute seiner Zeit opfern. Wir haben etwas bei diesen Leuten gut. Immerhin haben wir sie davor bewahrt, dass es schlechtes Gerede gibt, weil jemand bestohlen wurde. Nun wird Mr Glatzkopf die Sache sicher nicht an die große Glocke hängen.«
Aber die drei ??? kamen nicht dazu, ihr Vorhaben in die Tat umzusetzen. »Nein!«, rief nicht weit entfernt ein aufgeregtes Mädchen mit hoher Stimme, die sich fast überschlug – und kurz darauf: »Ruuuuuu-fooooo!«
Wenigstens die Bedeutung dieses Wortes klärte sich rasch, denn das Mädchen schrie weiter: »Rufo! Rufo! Mein Hündchen! Mein Hündchen ist weg!«
Die drei ??? gingen ein paar Schritte bis zu der Kleinen. Es war das Mädchen mit dem dicken, braunen Pferdeschwanz, das sie vorhin schon gesehen hatten, als die Clownin ihm eine Papierblume geschenkt hatte.
Nun baumelte die Leine, an der der kleine Hund des Kindes so heftig gezerrt hatte, traurig von dessen Handgelenk auf den Boden. Die Augen des Mädchens schwammen in Tränen.

Die Mutter – die Ähnlichkeit war nicht zu übersehen – beugte sich zu ihrer Tochter hinab und redete beruhigend auf sie ein. Als die drei ??? direkt vor den beiden standen, konnten sie ein paar Worte verstehen. »... schon wiederfinden, er geht ja nie weit weg, Leigh!«
»Aber wenn er ins Meer fällt!«, piepste das Mädchen.
»Das wird er schon nicht«, sagte die Mutter, ehe sie zu den drei Jungen aufsah. »Rufo ist doch ein kluger Hund. Der kann gut auf sich aufpassen!«
»Weißt du«, sagte Justus zu dem Kind, »da hat deine Mutter recht. Ich bin sicher, dass deinem Rufo nichts passieren wird.«
»Und wir helfen dir, ihn wiederzufinden«, ergänzte Bob. »Hast du eben erst gemerkt, dass er weg ist? Es ist ein kleiner Hund, richtig?« Er hielt die Hände so weit auseinander, dass er damit ungefähr einen Fußball umfassen könnte.
Leigh bekam große Augen. »Woher weißt du das?«
»Wir haben euch vorhin schon gesehen. Hat er sich von der Leine losgerissen? Sag, wo du zuletzt warst, damit wir ...«
»Meeeeine Damen und Herren!«, erklang in diesem Augenblick von der kleinen Bühne der Zaubershow eine schmetternde Stimme. Harriets *Herrchen* stand darauf – aber jetzt trug er nicht mehr seine abgewetzte Jeans und das graue Shirt, sondern ein grellgelbes Hemd, eine dunkelblaue, glänzende Hose und einen Zylinder auf dem Kopf. Die drei ??? hatten nicht mitbekommen, dass er auf die Bühne getreten war.
Er fuchtelte theatralisch mit den Händen vor sich in der Luft. »Das haben Sie noch nicht gesehen! Eine sensationelle

Show erwartet Sie! Die Kraft ist gerade besonders stark in mir! Ich spüre es!« Er ballte in der Luft die Hände zu Fäusten und zog die Arme überkreuzt an den Brustkorb.

»Ganz schön unpassend«, murmelte Peter. »Er muss das mit dem weinenden Mädchen doch mitbekommen haben!«

Aber darum scherte sich der Zauberer offenbar nicht. Vor seinen Füßen stand eine Kiste, über der ein dunkles Tuch lag. »Ja!«, rief er. »Ich spüre es! Jemand vermisst etwas!«

Was sollte das denn? Um das zu wissen, brauchte man nun wirklich kein Zauberer zu sein. Leigh hatte schließlich laut genug gerufen und geweint.

»Kollegen«, meinte Justus, »mir schwant Übles.«

Das ging Bob und Peter genauso. Ehe sie weiter darüber sprechen konnten, hüpfte der sogenannte Zauberer von der Bühne und hastete auf Leigh zu. »Du!«, rief er – und hatte nun die Aufmerksamkeit aller rundum geweckt. Etliche Leute kamen noch hinzugelaufen. Eine Traube Menschen versammelte sich um den Mann und das Kind.

»Was fehlt dir?«, fragte der Zauberer.

»Mein Hündchen!«, rief Leigh mit zitternder Stimme. Erneut rann ihr eine Träne über die Wange.

»Hören Sie«, sagte die Mutter des Mädchens, »das ist nicht …«

Justus entging nicht, dass Harriets Besitzer sie ganz kurz anschaute und eine beschwichtigende Handbewegung machte.

»Dein Hund!«, rief er. »Wie heißt er?«

»Rufo.«

»Ja, ich fühle es! Das Verlorene … Es ist … es ist wieder da! Ich hole es, ich spüre es!« Er rannte zur Bühne zurück, legte den Kopf in den Nacken und rief: »Rufo! Komm!« Dann folgten einige geplapperte Laute, die wohl eine Zauberformel darstellen sollten, und wieder: »Rufo! Zum dritten Mal rufe ich nun deinen Namen, und du wirst zu mir kommen. *Rufo!*«

Mit dem letzten Wort beugte er sich vor, riss das schwarze Tuch von der Kiste, griff hinein und hob das vermisste Hündchen heraus – ein winziges Bündel aus weißem und braunem Fell.

Ein Hundekeks ragte ihm aus dem Maul.

Der Zauberer streichelte das Tier, was ihm zu gefallen schien. »Hier ist es, meine Damen und Herren! Ein wirklich zauberhaftes Zauberhündchen, finden Sie nicht auch?«

Leigh rannte auf die Bühne, streckte die Arme aus und nahm ihren Rufo auf den Arm. Sie lachte laut und strahlte übers ganze Gesicht. Die Zuschauer applaudierten und johlten.

Fast alle zumindest.

Leighs Mutter schien nicht so begeistert. »Das ist ja unerhört!«, sagte sie. Offenbar dachte sie dasselbe wie die drei Detektive: Es lag nahe, dass der Zauberer das Tier unbemerkt von dessen Leine genommen hatte, um seine Show abzuziehen. Zwar freute sich Leigh nun, aber vorher war sie todtraurig und entsetzt gewesen.

Der Schausteller kam zu der Frau, und weil die drei ??? immer noch ganz in der Nähe standen, hörten sie jedes Wort mit. »Ich muss mich Ihnen wohl erklären, Mrs …?« Er hob fragend die Stimme.

»Das tut nichts zur Sache«, sagte Leighs Mutter frostig.

»Sie denken bestimmt, ich hätte den Hund Ihrer Tochter

entwendet – aber so war es natürlich nicht. Ganz im Gegenteil! Ich sah das Hündchen zitternd unter einem Wagen sitzen. Es muss sich losgerissen haben und zwischen den vielen Leuten Panik bekommen haben. Ich habe es an mich genommen – und ja, dann konnte ich der Versuchung nicht widerstehen, eine kleine Showeinlage durchzuziehen. Es war so ein schöner Effekt! Das hat aber höchstens zwei Minuten gedauert, in denen Ihre Tochter noch weiter warten musste. Ich kann verstehen, dass sie sich elend gefühlt hat – ich besitze selbst ein Tier, das ich sehr liebe.«

»Was für eins?« Das war Leigh und sie zupfte am Arm des Mannes. »Danke, danke, danke, dass Sie Rufo wieder hergezaubert haben!«, sprudelte es dann aus ihr heraus.

Der Zauberer nahm seinen Zylinder ab und setzte ihn ihr auf. Der Hut rutschte so weit nach unten, dass erst Leighs Nase ihn stoppte. Das Mädchen kicherte. »Einen Affen, mein Kind. Ich besitze eine Schimpansendame. Oder genauer gesagt, noch ein Mädchen! Sie heißt Harriet. Willst du sie sehen?« Er nahm den Zylinder zurück.

Harriet strahlte. »Ja!«

»Danke«, meinte ihre Mutter nun. »Das ist sehr freundlich.« Keine Spur mehr von dem Ärger, den sie vorher zum Ausdruck gebracht hatte.

Die drei ??? blieben zurück. »Hm«, machte Peter. »Glaubt ihr ihm? Oder hat er den Hund eben doch von der Leine losgemacht, um hier seine große Show abzuziehen?«

»Es wäre eine effektive, wenngleich fragwürdige Methode, um Aufmerksamkeit zu buhlen«, sagte Justus.

Bob machte eine umfassende Handbewegung. »Vielleicht

gehört das ja zur allgemeinen Werbestrategie dieser Leute. Den Zuschauern hat es gefallen. Wahrscheinlich macht die Geschichte in Rocky Beach die Runde und lockt noch mehr Besucher an.«

»Wie auch immer«, sagte der Erste Detektiv. »Mit unserem eigentlichen Fall hat das mit großer Wahrscheinlichkeit nichts zu tun. Wir wollten Erkundigungen einholen und Informationen sammeln. Auf geht's!«

Die Legende der zwei Lebenden und der drei Toten

Obwohl er ja gerade noch »Kundschaft« hatte, wollten die drei ??? zuerst mit dem Besitzer des Schimpansenmädchens sprechen, genau wie sie es vor dem Zwischenfall mit Leighs Hündchen geplant hatten. Sie folgten dem Kreischen des Affen, gefolgt vom Lachen des Mädchens.

Natürlich war es ungünstig, das Gespräch zu suchen, während Leigh und ihre Mutter noch bei dem Schausteller standen. Also taten die drei ??? so, als würde sie das Schild der Wahrsagerin nebenan brennend interessieren und als gäbe es darauf eine Menge zu lesen, über das es zu diskutieren lohnte. Die Tür zum Wohnwagen der Wahrsagerin öffneten sie jedoch nicht. Dafür entdeckte Justus etwas, das ihn tatsächlich interessierte: Eine Frau kam auf sie zu, die auf einem alten Bauchladen Süßigkeiten verkaufte. Das mit einem breiten Gurt um die Schultern befestigte hölzerne Gestell baumelte ihr bei jedem Schritt vor dem Oberkörper. Darauf türmten sich lecker aussehende Kekse aller Art, knallbunte Bonbons und in kleine Tütchen verpackte Zuckerperlen.

Doch die Verkäuferin ignorierte den Ersten Detektiv und wandte sich stattdessen an Peter. »Du hast doch vorhin den Dieb gejagt!« Sie grinste breit. »Nicht schlecht. Hat mir gefallen.«

»Danke«, sagte Peter.

»Die zwei Lebenden und die drei Toten werden es dir danken und von mir bekommst du was umsonst.« Sie sah dem

Zweiten Detektiv lange ins Gesicht. »Du siehst aus wie ein Zuckerperlen-Typ. Richtig?«

»Äh«, machte Peter.

Sie schnappte sich eine der Tüten und reichte sie Peter. »Geschenk des Hauses, wie man so schön sagt. Die beiden sind deine Freunde?« Sie wartete erst gar nicht auf eine Antwort, sondern drückte Peter zwei weitere Tütchen in die Hand und zog weiter.

»Daraus können wir etwas Wichtiges lernen«, sagte Bob.

»Exakt«, bestätigte Justus. »In diesem Zirkus spielen drei Tote eine noch nicht näher bestimmte, aber offenbar auch nicht irrelevante Rolle.«

»Das meine ich nicht«, sagte der dritte Detektiv. »Es zeigt sich: Gute Taten lohnen sich immer.« Er schnappte sich eins der Tütchen, riss es auf und warf sich ein paar Zuckerperlen in den Mund.

»Hast du dir gemerkt, was genau sie gesagt hat, Just?«, fragte Peter. »Die drei Toten und die zwei Lebenden?«

»Umgekehrt«, verbesserte Justus. »Die zwei Lebenden und die drei Toten.«

Der Zweite Detektiv verdrehte die Augen. »Das ist doch egal!«

»Muss ich dich wirklich an die Grundregel einer detektivischen Bestandsaufnahme erinnern, dass jedes Detail wichtig sein kann? Wir müssen hier schon sehr genau arbeiten.«

Bob kaute noch immer. »Und das werden wir auch!«, nuschelte er. »Keine Sorge, Erster!«

Derweil war Harriet Leigh auf den Arm geklettert und deren Mutter fotografierte eifrig. Danach hüpfte das Schimpansenmädchen wieder auf den Boden und zog sich an seinem Besitzer empor, bis es auf seiner Schulter hockte. Leigh sah ganz verzückt aus und wäre offensichtlich gern noch geblieben, aber ihre Mutter verabschiedete sich und zog ihre Tochter davon. Der Zauberer blieb alleine zurück.

Bob nutzte die Gelegenheit. »Entschuldigung?«

Der Schausteller streichelte gerade Harriets Kopf. Das Tier schmiegte sich in seine Hand. »Ja?«

»Dürfen wir Ihnen eine Frage stellen?«

»Gern, Eure Majestät.«

Die Antwort verblüffte den dritten Detektiv. »Wieso …?«

Justus, der mit Peter inzwischen ebenfalls heran war, fiel ihm ins Wort. »Er spielt darauf an, dass du scheinbar den Pluralis Majestatis genutzt hast, Bob. Also dass du für dich als Einzelperson das Pronomen ›wir‹ verwendet hast. Was natürlich nicht den Tatsachen entspricht, Sir. Mein Freund hat uns beide …«, er deutete auf Peter und sich, »… mit einbezogen. Er leidet keineswegs unter einem übersteigerten Selbstbewusstsein, dank dessen er sich etwa als über die gewöhnlichen Menschen erhaben fühlen würde.«

Harriet reckte den Kopf, der Zauberer lachte. »Klingt toll, was du gerade gesagt hast. Verstanden habe ich nur ›Majestatis‹ und dein Freund klang mit seinem ›wir‹ gerade tatsächlich wie ein König, deshalb meinen wir bestimmt dasselbe. Aber wie auch immer, stellt mir gerne eine Frage. Nur darf es nicht allzu lange dauern, ich muss zurück zu meiner Zauberbühne. Das Publikum will unterhalten sein!«

»Wir haben Ihren Zauberhündchen-Trick gesehen«, sagte Peter. »Sehr geschickt und verblüffend!«

»Danke. Aber schieß los, was wollt ihr von mir wissen?«
»Ich habe vorhin den Dieb verfolgt und ihm seine Beute abgejagt«, erklärte Peter.
»Eine gute Sache, Junge. Hut ab vor deinem Mut. Ich habe es mitbekommen. Meinen Applaus!« Harriet kletterte auf die Schulter des Mannes, packte seinen Zylinder und schwenkte ihn. Dabei stieß sie keckernde Rufe aus.
»Anschließend habe ich gehört, wie Sie etwas vor sich hin murmelten«, ergänzte Peter. »Nämlich, ob das nun schon wieder losgeht. Was meinten Sie damit? Gab es kürzlich schon andere Diebstähle?«
»Hm, ja, ich …« Er atmete geräuschvoll aus. »Also gut! Weil du vorhin so beherzt eingegriffen hast: Ja, es war nicht der erste Vorfall.«
»Wir wissen zufällig«, sagte der Erste Detektiv, »dass die Polizei bislang über keinerlei Kenntnisse von irgendwelchen Vorfällen verfügt.«
»So? Da habt ihr mir etwas voraus. Ich kümmere mich übrigens auch nicht darum, es geht mich ja nichts an. Ich bin nicht geschädigt worden.«
»Haben Sie den Dieb gesehen, den ich gestellt habe?«, fragte Peter. »Kam er Ihnen bekannt vor? Wenn er schon öfter zugeschlagen hat, konnten Sie vielleicht …«
»Nein, ich habe diesen Kerl mit seinem rosa Ding noch nie gesehen. Aber – warum mischt ihr euch da ein? Was geht es euch an?«
Die drei ??? tauschten einige stumme Blicke und nickten. Sie kamen überein, zumindest teilweise die Wahrheit zu sagen. Immerhin wussten die Clownin und der Zwerg sowieso, dass

sie mit Elliot Littlehorn in Verbindung standen. Wenn sie sich nun eine Ausrede ausdachten, konnten sie hinterher leicht als Lügner dastehen.

Justus übernahm das Wort. »Weil wir Mr Littlehorn kennen und er uns erzählte, dass er ebenfalls bestohlen worden ist. Sie wissen doch sicher, wer Elliot Li…«

Der Schausteller winkte ab. »Klar kenne ich ihn. Und ihr – ihr drei Jungs schnüffelt hier also herum!«

»So würde ich das nicht ausdrücken.«

»Sondern?«

»Wir interessieren uns für die Wahrheit.«

»Das ehrt euch. Wie auch die Tatsache, dass ihr mir von Littlehorn erzählt habt. Ich wusste eh, dass ihr von ihm gekommen seid. Ihr hättet mir auch irgendeine Lügengeschichte auftischen können.«

»Wie gesagt«, meinte Bob, »wir stehen auf keiner Seite, es geht uns nur um die Wahrheit. Das sind übrigens meine Freunde Justus Jonas und Peter Shaw. Ich bin Bob Andrews.«

»Tobin Miller.«

Die drei ??? schwiegen verblüfft für eine Sekunde. Peter fand als Erster die Sprache wieder. »Wie bitte? Wir haben bereits einen Tobin Miller kennengelernt.«

»Ihr meint den Zwerg?« Miller lachte dröhnend. »Da habt ihr nicht richtig aufgepasst. Das ist Tobin Muller. Ich bin Tobin Miller.«

»Ein bemerkenswerter Zufall. Und auch er ist Zauberer. Sind Sie vielleicht der Partner, von dem er gesprochen hat?«, fragte Justus.

Miller nickte. »Ja, wir arbeiten zusammen. Und was die

Nachnamen angeht, das war tatsächlich ein Zufall. Aber bei unseren Vornamen, nun, da flunkern wir vielleicht ein bisschen. Alles für die Show unserer kleinen Truppe!«

»›Der finstere Stern‹ ist ganz bemerkenswert«, sagte Justus. »Können Sie uns vielleicht etwas mehr über diesen Namen erzählen?« Er dachte kurz nach und ergänzte dann listig: »Ich weiß, Sie haben nicht viel Zeit, aber Ihnen kommt es doch sehr darauf an, Werbung zu machen. Wenn die Geschichte hinter dem ›Finsteren Stern‹ spannend ist, erzählen wir sie gern unseren Freunden in Rocky Beach weiter.«

»Hat es vielleicht etwas mit drei Toten zu tun?«, fragte Bob, doch damit war er wohl einen Schritt zu weit gegangen.

Plötzlich schienen Mr Millers Gesichtszüge zu gefrieren. Er blinzelte, schaute sich um, als erwarte er eine Gefahr. »Woher wisst ihr davon? Vergesst das! Man darf nicht darüber reden, hört ihr! Sonst holt einen das Unheil ein!«

»Wie meinen Sie das?«, fragte Bob erstaunt. Peter wurde ein wenig blass.

»Ich habe schon viel zu viel gesagt!«

»Aber …«

»Still! Mit der Legende der zwei Lebenden und der drei Toten ist nicht zu spaßen!« Er nahm Harriet den Zylinder aus den Händen und setzte ihn sich ruckartig auf. »Vergesst das, Jungs. Um euretwillen!« Damit eilte er davon.

Die drei ??? blieben ratlos zurück.

»Was war das denn?«, fragte Bob.

»Eine interessante Reaktion«, sagte Justus, der so fasziniert klang wie ein Forscher in einer Weltraumstation, der gerade den ersten Beweis für außerirdisches Leben erbracht hat. »Es steckt also wirklich etwas hinter den Sprüchen. *Die Legende der zwei Lebenden und der drei Toten.* Spannend!«

»So würde ich das nicht nennen«, sagte Peter fröstelnd.

»Wobei ich mich schon frage, was an zwei Lebenden so interessant oder unheimlich sein soll, dass man sie extra erwähnen muss.« Justus knetete seine Unterlippe. »Servieren wir doch einfach mal unserem Auftraggeber diese Formulierung. Vielleicht weiß er etwas. Und dann beobachten wir, wie er reagiert!«

Sie machten sich auf den Weg zu Littlehorns Wohnwagen, der nach wie vor abseits des sonstigen Trubels stand. Ein Mädchen kam ihnen entgegen, das beim Gehen wie beiläufig mit vier, nein, fünf Keulen jonglierte. Sie trug eine glitzernde Weste und grinste die drei ??? an. »Ihr wollt schon gehen? Beehrt uns morgen wieder! Und löst diesen Gutschein ein, wenn ihr wollt.« Sie schaffte es, unglaublich schnell in eine ihrer Hosentaschen zu fassen und einen Zettel herauszuziehen, ohne dass eine der Keulen herunterfiel. Allerdings flatterte der Zettel auf den Boden. »Tut mir leid, dass ich ihn euch nicht in die Hand geben konnte.«

»Kein Problem«, sagte Peter, hob das Papier auf und las.

Ein Blick in DEINE Zukunft:
k o s t e n l o s,
aber nicht umsonst!

»Gebt das bei meiner Mutter ab, und einer von euch muss nicht bezahlen, wenn sie euch die Zukunft vorhersagt«, kündigte das Mädchen an.

»Deine Mutter?«, fragte Bob.
»Ihr könnt sie nicht verfehlen.«
»Wir haben ihren Wagen schon gesehen«, sagte Justus. »Vielleicht kommen wir darauf zurück. Auch wenn wir nicht an das Übernatürliche glauben.«
»Ach ja?«, fragte das Mädchen. »Das solltet ihr aber.«
»Wieso denkst du das?«, sagte Justus. »Wir haben jedenfalls noch keinen echten Geist gesehen, obwohl wir …«
»Ich schon«, fiel die Kleine ihm ins Wort und erstarrte dabei einen kurzen Moment, sodass alle Keulen zu Boden purzelten. »So'n Mist!«, entfuhr es ihr. Sie bückte sich, klemmte sich die Keulen unter beide Arme und eilte davon, ehe die drei ??? noch etwas sagen konnten.
»Na, wenn das mal nicht auch was mit den drei Lebenden und den zwei Toten zu tun hat. Ich glaube, wir sollten ihre Mutter wirklich besuchen«, meinte Justus. »Und sei es nur, um mit diesem Mädchen zu reden, das wir dort vielleicht am leichtesten wiederfinden. Möglicherweise ist sie genau die Richtige, um uns mehr über diese mysteriöse Legende zu erzählen.«
Die drei ??? hatten schon häufiger erlebt, dass Kinder am besten beobachteten und berichteten, wenn es um ungewöhnliche Dinge ging – bei Erwachsenen blendete der Verstand oft Details aus, die sie einfach nicht sehen *wollten*, weil sie sie für unglaublich hielten.
»Umgekehrt«, sagte Bob.
Justus schaute ihn fragend an.
»Drei Tote und zwei Lebende!«, erklärte der dritte Detektiv. »Jetzt hast du es auch falsch herum gesagt!«

»Oh«, machte Justus. »Da ist mir ja ein ungewöhnlicher und bedauerlicher Fehler unterlaufen. Entschuldigung.«
»Entschuldigung akzeptiert«, versicherte Bob. »Dafür hast du ja mich, um den Überblick über die Fakten zu behalten.« Er grinste. »Recherchen und Archiv: Bob Andrews!«

An Elliot Littlehorns Wohnwagen grenzte mittlerweile ein Zelt, hoch genug, um bequem darin zu stehen. Um einzutreten, musste man einen nachtschwarzen Vorhang beiseiteschieben.
Das tat Peter und lugte ins Innere. Seine Augen weiteten sich, und das nicht nur, weil es darin so dunkel war, sondern weil ihn die Atmosphäre verblüffte und sofort gefangen nahm. Er trat ein und fühlte sich, als würde er mit einem Mal mitten im Weltraum schweben.
Die Illusion verstärkte sich noch, als seine beiden Freunde ebenfalls eintraten und der Vorhang hinter ihnen wieder an seinen Platz fiel. Denn nun schien keinerlei Tageslicht mehr herein, stattdessen sorgten dutzende winziger Leuchtdioden für eine schummrige Beleuchtung: Sie waren wie ferne Sterne im schwarzen All.
»Wie findet ihr's?«, fragte ihr Auftraggeber, der vor der Leinwand stand, auf der momentan kein Film lief. »Noch ein, zwei Stunden, dann kann ich die ersten Besucher empfangen.«
»Die Atmosphäre ist nun in der Tat noch weitaus beeindruckender, genau wie Sie es angekündigt haben«, sagte Justus. »Jetzt verstehe ich noch besser, was Sie meinten, als Sie sagten, Ihr Sonnensturz sei kein Spiel, sondern eine Show.«

»Gaukler, Affen, Zwerge und ein zurückgezaubertes Hündchen«, meinte Peter. »Von Show versteht ›Der finstere Stern‹ wirklich etwas.«
»Die Legende nicht zu vergessen«, ergänzte Bob – sie hatten sich auf dem Weg zu Littlehorns Wohnwagen eine Strategie zurechtgelegt und genau abgesprochen, wie sie das Gespräch führen wollten. Zumindest, soweit das möglich war. Je nach Littlehorns Antworten mussten sie natürlich improvisieren.
»Die Legende?«, fragte ihr Auftraggeber.
Der Erste Detektiv streckte die Hand aus und tippte mit dem Zeigefinger vorsichtig an eine der leuchtenden Dioden über seinem Kopf. Er hatte wissen wollen, ob er sie überhaupt erreichen konnte; in dieser seltsamen Dunkelheit des Zeltes fiel es schwer, Entfernungen einzuschätzen. Dann räusperte er sich und sagte betont: »Die Legende der zwei Lebenden und der drei Toten.«
»Richtig«, sagte Mr Littlehorn. »Davon habe ich auch mal gehört, als ich noch zur Truppe gehörte.«
»Erzählen Sie uns mehr«, bat Peter.
»Ich weiß nicht viel darüber, nur vage Gerüchte. Es hat wohl etwas mit den Gründern des ›Finsteren Sterns‹ zu tun.« Er winkte ab. »Für mein Gefühl ist es eine lächerliche Fluchgeschichte.«
Die drei ??? wechselten rasche Blicke. Nachdem seine ehemaligen Kollegen bei Erwähnung der Legende so extrem heftig reagiert hatten, wirkte ihr Auftraggeber nun im Gegensatz viel zu gleichgültig. War das echt? Oder Schauspielerei? Irgendetwas stimmte da nicht und machte die drei De-

tektive misstrauisch. Aber sie schwiegen und konfrontierten ihren Auftraggeber nicht damit.
»Wer könnte uns denn mehr erzählen?«, fragte Bob stattdessen.
»Ihr seid doch die Detektive«, meinte Littlehorn. »Und warum interessiert euch das überhaupt?«
»Wir interessieren uns immer für alte Geschichten«, erklärte Justus. »Aber reden wir doch lieber über die Diebstähle. Sie wissen vielleicht, dass nicht nur Sie bestohlen wurden, sondern dass es weitere Leidtragende gibt?«
»Gibt es die?«
»In der Tat. Möglicherweise eine ganze Diebstahlserie. Und wenn es an einem Ort nahezu gleichzeitig zu mehreren ähnlich gelagerten Vorfällen kommt, besteht mit einiger Wahrscheinlichkeit eine Verbindung.«
»Gut, gut«, sagte ihr Auftraggeber. »Aber ich weiß nur, dass mein Geld gestohlen wurde. Zu den Dingen, die dort drüben passiert sind, kann ich euch leider nichts sagen und ich will auch gar nichts weiter darüber wissen.« Er machte eine umfassende Handbewegung. »Wollt ihr die Show nun mal richtig sehen?«
»Später«, sagte Bob. »Erst die Arbeit, dann das Vergnügen.«
»Stimmt«, murmelte Peter, aber er klang ein wenig enttäuscht.
Die drei ??? verließen das Zelt.
»Und jetzt?«, fragte der Zweite Detektiv. »Ich bin sicher, dass ich nicht der Einzige bin, der unseren Auftraggeber nicht mehr sonderlich überzeugend findet. Von Anfang an hat er nicht richtig mit der Sprache herausgerückt … und

jetzt das! Wieso kanzelt er uns so ab? Und seine Reaktion auf die Legende war auch nicht astrein, wenn ihr mich fragt.«

»Ich stimme dir zu. Aber ob wir ihm vertrauen oder nicht, diese Frage müssen wir nach hinten schieben, bis wir mehr Informationen haben«, sagte Justus. »Und die können wir uns am besten bei dem beschaffen, der über den ›Finsteren Stern‹ wohl am meisten weiß.«

Bob nickte. »Der Chef dieser Gaukler-Truppe. Kelvin Mitchell. Fragt sich nur, ob er Zeit für uns hat.«

»Er wird sich Zeit nehmen«, sagte der Erste Detektiv.

»Du klingst so überzeugt«, meinte Peter. »Was willst du ihm erzählen?«

Justus atmete tief durch. »Das muss ich mir noch ausdenken. Mir wird schon etwas einfallen …«

Finsternis am Abend

Der Versuch, zu Kelvin Mitchell vorzudringen, gestaltete sich schwierig. Die angesprochenen Schausteller wussten alle nicht, wo er sich aufhielt – oder sie verrieten es nicht –, und schickten die drei ??? zu irgendeinem anderen Kollegen weiter.

»Wie stellt ihr euch das denn vor?«, fragte schließlich Tobin Muller – mit ›u‹ – und sah skeptisch zu Justus auf, der ihn gefragt hatte. »Hier brummt gerade das Abendgeschäft. Der Chef ist beschäftigt. Deshalb heißt es ja auch so: *be-chef-tigt.*« Er lachte.

»Kein sehr guter Witz«, murmelte Justus.

Muller fixierte ihn unter zusammengezogenen Augenbrauen und grinste schließlich. »Stimmt. Jedenfalls … fragt um Mitternacht noch mal nach ihm, dann wird's sicher ruhiger!«

So sehr *brummte* das Geschäft zwar nicht, aber es trafen stetig neue Besucher ein.

Die drei Freunde fügten sich in ihr Schicksal und stromerten über den Platz, beobachteten die Besucher und Schausteller. Niemand verhielt sich auffällig und es geschah nichts, was die Ermittlungen in irgendeiner Art weiterbrachte. An den Wänden der Wagen brannten Lampen, auf den freien Plätzen dazwischen standen Feuerkörbe und tauchten die Umgebung in flackernde Helligkeit. Auf der Felsenebene rundum herrschte inzwischen Dunkelheit, von den Lichtkegeln einiger Autos abgesehen, die auf der Küstenstraße vorbeifuhren. In der Ferne waren die Lichter von Rocky Beach zu sehen.

Als die drei ??? wieder einmal am Schild der Wahrsagerin vorbeikamen, zog Peter plötzlich den Gutschein aus der Hosentasche, den das jonglierende Mädchen ihnen geschenkt hatte. »Sollen wir?«, fragte er ein wenig skeptisch.

»Warum nicht?«, fragte Justus. »Jetzt ist so gut wie jeder andere Zeitpunkt.«

»Und wenn es nur dazu dient, die Zeit bis Mitternacht totzuschlagen«, meinte Bob.

Die Tür des Wagens stand offen.

Peter streckte zögerlich den Kopf ins Innere. »Hallo? Mrs … äh …« Er brach ab. Was hätte er auch sagen sollen? *Mrs Wahrsagerin*? Das klang nicht viel schlauer als *Frau Clown*. Das Schild über der Tür nannte jedenfalls keinen Namen.

»Komm rein«, sagte eine fröhliche Stimme. Die Frau, die den Zweiten Detektiv kurz darauf ansah, entsprach so gar nicht dem Klischee einer Jahrmarktwahrsagerin. Keine alte Großmutter mit dicken Brillengläsern, einer grauen Kutte und runzligen Händen, die sie über einer Glaskugel schweben ließ. Keine rothaarige Hexe in bunten Lumpen und mit schwarzer Katze auf der Schulter. Stattdessen deutete eine junge blonde Frau in einem lila Kleid auf den freien Stuhl ihr gegenüber. Nur die Glaskugel, die gab es. Sie stand auf einem kleinen Beistelltischchen. »Setz dich und sei gespannt, was es über deine Zukunft zu erfahren gibt!«

Peter wusste nicht recht, was er sagen sollte. »Ähm, ja, ich …«

»Mach dir keine Sorgen«, bat die Frau. »Viele sind unsicher,

wie sie mir begegnen sollen. Keine Angst! Ich werde dir nichts tun.« Wieder lächelte sie.
»Nun mach schon!«, sagte Justus, der hinter Peter hereingekommen war, und schob ihn voran.
Der Zweite Detektiv folgte der doppelten Aufforderung. »Hallo, ich … ich bin Peter. Das sind meine Freunde Justus und Bob. Wir haben einen Gutschein.« Er streckte ihn der Wahrsagerin hin.
Sie nahm ihn entgegen. »Sososo«, murmelte sie. »Habt ihr Mabel getroffen, ja?«
»Ihre Tochter?«, fragte Bob.
Sie nickte. »Ich bin Susannah Hall. Mabels Gutschein gilt aber nur für einen von euch. Die anderen müssen jeweils zwei Dollar bezahlen. Aber nur, wenn ich euch tatsächlich etwas über eure Zukunft verraten kann. Sollte die Kugel blind bleiben, müsst ihr nicht zahlen. Einverstanden?«
»Einverstanden«, sagte Justus, »wenngleich ich skeptisch bin. Die Kugel wird Ihnen sicher nichts verraten, aber das werden Sie kaum zugeben. Behaupten kann man leicht etwas.«
Keinerlei Ärger huschte über ihr Gesicht. »Du bist aber sehr direkt. Und ein Zweifler. Ich mag das. Eine Herausforderung. Willst du anfangen?«
Der Erste Detektiv setzte sich auf den freien Stuhl und legte zwei Dollar auf das kleine Tischchen. »Was muss ich tun?«
»Erst mal sollte einer deiner Freunde die Tür schließen, damit uns keiner stört.«
Bob tat es. Es klackte.
»Leg deine Hand auf die Kugel«, bat Mrs Hall. »Um alles andere kümmere ich mich.«

Justus folgte der Aufforderung. Mabels Mutter beugte sich vor und schaute in die Kugel. Ihre Augen bewegten sich, als würde sie im Glas fortlaufende Bilder beobachten. »Aha«, machte sie und »Hmm – oh weh!« und »Tsss!«.
Justus gab sich Mühe, über diesen Hokuspokus nicht zu lachen. Schließlich waren sie nicht hier, um die Wahrsagerin zu verärgern. Vielleicht konnten sie sie im Anschluss auch noch in ein Gespräch über die Diebstähle oder die Legende verwickeln.
Endlich sagte sie etwas und wie erwartet handelte es sich um eine waschechte Prophezeiung: »Leider sehe ich Unheil. Halte durch, mein Junge, und du wirst belohnt werden. Du hast einen Auftrag, und wenn du nicht aufgibst, kannst du ihn erfüllen. Sonst allerdings erwartet dich großes Übel!«
»Das ist aber nicht sehr positiv«, antwortete Peter anstelle seines Freundes.
»Ich gebe nur weiter, was die Kugel mir zeigt!«
In diesem Moment ertönte von draußen ein Schrei. Er klang halb erschrocken, halb entsetzt … und dann war durch die dünnen Wände des Wohnwagens ein meckerndes Gekicher zu hören, das klang wie von einer alten Hexe aus einem Märchen.
Die drei ??? eilten sofort nach draußen, Peter als Erster, Bob folgte. Als Justus ins Freie sprang, stolperte er und wäre fast gestürzt. Es gelang ihm jedoch gerade noch, auf den Füßen zu bleiben. Er lief seinen beiden Freunden nach, die bereits die Quelle der Unruhe ausgemacht hatten – wenn sie auch nach wie vor nicht sehen konnten, was genau geschah. Denn eine Menge Leute versperrten ihnen den Blick.

»Zurück!«, schrie eine weibliche Stimme von jenseits der Menschenansammlung. Sie klang brüchig und krächzend. Bestimmt hatte sie auch das meckernde, hexenartige Lachen ausgestoßen. Die Freunde nahmen den Weg um die Menschenmenge herum und blieben wie angewurzelt stehen.
Was in aller Welt sollte das?
Tobin Muller, der Zwerg, lag auf dem Boden, den Blick nach oben gerichtet. Er schob sich rückwärts von einer Gestalt weg, die wenige Schritte vor ihm stand. Ein uraltes Frauengesicht lugte aus einer hochgeschlagenen Kapuze hervor. Der ganze Körper steckte in einer schwarzen Kutte. Gichtig verknotete Hände ragten aus den Ärmeln. Die Greisin stand gebückt und deutete mit einem Gehstock auf Mr Muller. »Schrei du nur. Euer Weg ist falsch! Falsch! Ein Sakrileg! Ihr dürft es nicht! Ihr beschmutzt den ›Finsteren Stern‹, der einst strahlend war und schön!«
Peter fasste sich als Erster, ging zu dem Zwerg und reichte ihm die Hand. »Mr Muller, wir …«
»Zurück!«, schrie Muller. »Geh zurück, Bursche! Los! Weg!«
Peter stutzte und gehorchte.
Derweil zückte Bob sein Handy und schoss rasch ein paar Fotos von der alten Frau.
Diese drehte sich um und ging in Richtung Steilküste.
»Wer sind Sie?«, rief Justus. »Warum …«
»Still!«, zischte jemand neben ihm. Es war die Clownin.
Peter wollte der Alten nachgehen, aber ein Mann hielt ihn zurück. »Bleib«, sagte er nur schroff.
»Unheil!«, rief die Alte, ohne sich noch einmal umzudrehen.
»Untergang!«

Dann trat der Mann vor die gaffende Zuschauermenge und hob die Arme, um die Aufmerksamkeit auf sich zu ziehen. »Meine Damen und Herren, ich hoffe, dieser kleine … Zwischenfall hat Sie in seinen Bann gezogen! Hier bei uns gibt es immer etwas zu erleben!«

Dass er kaum merklich zögerte, entging den drei ??? nicht. Offenbar war er zwar beunruhigt, wollte das Geschehen aber als eine Art geplante Showeinlage hinstellen.

Er atmete tief durch und lachte – nicht so überzeugend, wie er es wohl gerne getan hätte. »Genießen Sie auch weiterhin die Spannung und das Unerwartete – bei uns wird es nie langweilig! Ich wünsche einen schönen Aufenthalt! Mein Name ist Kelvin Mitchell, ich bin der Besitzer und Chef dieser Truppe. Wir Gaukler und Schausteller sind zu Ihrer Unterhaltung hier! Falls Ihnen jedoch der Schreck soeben in die Glieder gefahren ist, weil wir die Show ein wenig *zu* sehr lieben, sollen Sie entschädigt werden – für den Rest dieses Abends bieten wir Ihnen alle Attraktionen um 10 Prozent billiger an.«

Einige applaudierten, keiner ging mehr groß auf das Geschehen ein. Die Menge zerstreute sich.

War das wirklich Teil der Show gewesen? Die drei ??? ärgerten sich, dass die alte Frau in der merkwürdigen Kutte, die für diesen Zwischenfall gesorgt hatte, nirgends mehr zu sehen war. Wohin war sie verschwunden?

Tobin Muller war inzwischen wieder auf den Füßen. Er blieb vor den drei ??? stehen und hielt sie auf. »Ihr schon wieder! Ihr solltet hier nicht länger herumschnüffeln. Das geht nicht gut aus. Ihr seid hier nicht mehr erwünscht!«

»Aber Tobin«, sagte Kelvin Mitchell. »Die Jungen sind Gäste und …«

»Das sind Littlehorns Spione!«

»Ach, ihr seid das«, meinte Mr Mitchell. »Wir sollten reden.«

»Das ist ganz in unserem Sinne«, versicherte Justus. »Aber wir würden vorher gerne mit der alten Dame sprechen.«

»Sie ist weg.«

»Was?«

»Lasst sie! Sie ist weg. Wir treffen uns morgen früh um acht Uhr hier, ja?« Mitchell schaute auf die Uhr. »Die Sache ist nicht so, wie sie scheint. Vertraut Littlehorn nicht!«

»Sir, wir …«

Mitchell schüttelte den Kopf. »Ich habe jetzt keine Zeit. Um acht morgen früh. Hier.« Er eilte davon.

»Und jetzt?«, fragte Peter.

»Wir suchen die alte Frau«, meinte Justus. »Ich will wissen, ob das hier Show oder echt war. Und egal, was Mr Mitchell sagt – sie sah nicht so aus, als könnte sie den Weltrekord im Langstreckensprint hinlegen. Sie muss noch in der Nähe sein. Jedenfalls habe ich kein Auto über die Felsenebene wegfahren sehen.« Er deutete in die Dunkelheit rundum.

»Wenn ich so einen Auftritt hinlegen und dann verschwinden wollen würde«, sagte Bob, »würde ich kaum Licht anschalten, um alle Welt auf mich aufmerksam zu machen. Zumindest nicht, bis ich auf der Küstenstraße bin.«

Trotz dieses Einwands machten sie sich auf die Suche. Vergeblich. Die alte Frau war und blieb verschwunden, genau wie Kelvin Mitchell es angekündigt hatte. Die drei ??? gaben auf.

»Wenigstens habe ich ein paar Fotos von ihr«, sagte Bob und schaute auf dem Handy nach, ob sie etwas geworden waren. Die Lichtverhältnisse waren nicht besonders gut, aber auf dem zweiten Bild war das Gesicht der Alten einigermaßen erkennbar.
»Wir hätten sofort dranbleiben sollen«, ärgerte sich Peter. »Egal, was der Zwerg gesagt hat! Und von Mr Mitchell hätten wir uns auch nicht aufhalten lassen sollen!«
»Hätte, hätte …«, gab Bob zum Besten. »Das hilft uns jetzt auch nichts.«
Justus nickte. »Gehen wir zurück zur Wahrsagerin.«
»Zu Mrs Hall? Die ist mir irgendwie unheimlich«, sagte Peter.
»Quatsch«, meinte Bob.
»Hast du nicht gehört, was sie zu Just gesagt hat? *Du hast einen Auftrag*! Und den haben wir auch. Unseren Auftrag von Mr Littlehorn nämlich. Woher wusste sie das?«
»Weil sich unter den Schaustellern rumgesprochen hat, wer wir sind?«, schlug Justus vor, der bereits zielstrebig in Richtung des Wohnwagens der Wahrsagerin marschierte.
Die saß unverändert auf ihrem Platz hinter der Glaskugel und schien auf die drei Jungen gewartet zu haben. »Ich dachte schon, ihr wolltet euch der Wahrheit, die die Kugel zeigt, nicht mehr stellen.«
»Fragen Sie die Kugel«, bat Justus, »was es mit der Legende der zwei Lebenden und der drei Toten auf sich hat. Und falls die Kugel nichts weiß, können Sie uns auch direkt und ohne Hokuspokus erzählen, was Sie wissen.«
»Sprich nicht über die Legende!«, sagte die Wahrsagerin.

»Weil es das Unheil anzieht?«, fragte Justus. »Daran glaube ich nicht. Das da draußen war eine uralte Frau und sie hat eigentümliche Dinge von sich gegeben – ist sie womöglich eine der beiden Lebenden aus der Legende? Und wenn ja … was soll das?«
Mrs Hall stand auf, stellte sich vor den Tisch und verschränkte die Arme vor der Brust. »Es ist eine düstere Geschichte. Eine, die uns den Namen gab … ›Der finstere Stern‹. Eine Geschichte voller Unheil. Sie dreht sich um fünf Personen.«
»Zwei Lebende, drei Tote«, sagte Bob.
»Fünf Geschwister. Die Franklyn-Geschwister. Brody, Clay, Kaylee, Marley und Dayna. Ich weiß nicht, wen ihr gesehen habt – Marley oder Dayna.«
Endlich gab ihnen jemand echte Informationen und redete nicht nur um den heißen Brei herum. Bob zückte den kleinen Notizblock, den er so gut wie immer bei sich trug, und notierte sich die Namen, soweit sie ihm noch einfielen. Die Aufzählung war verflixt schnell gegangen. »Und drei dieser Geschwister sind gestorben?« Er blickte auf seine Notizen. »Brody, Clay und …?«
»Kaylee«, sagte Mrs Hall.
Die Tür ging auf und ein Mädchen kam herein: Mabel, die Tochter der Wahrsagerin. »Mama, ich … oh. Du hast Kunden. Sorry, ich …« Sie stockte erneut. »Ach, ihr drei seid es.«
»Wir reden gerade über …«, setzte Justus an.
»Pst!«, machte Mabels Mutter. »Meine Tochter soll nichts davon hören!«
»Wovon?«, fragte das Mädchen neugierig.
»Es ist spät. Du musst ins Bett. Ich schließe für heute.« Mrs

Hall machte eine eindeutige Bewegung Richtung Tür. »Wenn ihr mehr über eure Zukunft wissen wollt, kommt morgen wieder.«

»Aber …«, setzte Bob an.

»Nichts aber. Für heute geschlossen.«

»Redet ihr über die Legende, Mama? Ich bin kein kleines Mädchen mehr, das …«

»Still jetzt! Und ihr drei – geht bitte!«

»Wir fallen Ihnen selbstverständlich nicht zur Last, wenn Sie wünschen, dass wir gehen«, versicherte Justus. »Kommt, Kollegen.«

Keine Minute später standen die drei ??? im Freien und sahen sich enttäuscht an. Sie waren so nah dran gewesen, mehr zu erfahren, ehe Mabel aufgetaucht war. Immerhin kannten sie nun fünf Namen – ein Ansatzpunkt für Bob, weiter zu recherchieren. Außerdem hatten sie am nächsten Morgen einen Termin mit Kelvin Mitchell. Sie beschlossen, zurück nach Rocky Beach zu fahren, damit Bob noch Zeit hatte, ausführlich zu recherchieren, bevor ihm die Augen zufielen …

Uralt

Bob fielen die Augen zu. Vor ihm auf dem Schreibtisch lag ein Ausdruck des Fotos, das er mit dem Handy von der uralten Frau geschossen hatte. Es war in dieser Größe und auf Papier ein wenig verschwommener als auf dem kleinen Handydisplay, aber man konnte die Gesichtszüge einigermaßen erkennen.

Seine Lider fühlten sich an, als würden Bleigewichte daran hängen und sie nach unten ziehen. Aber er würde noch eine Weile recherchieren.

Er wusste um fünf Franklyn-Geschwister, die einen Zirkus namens »Der finstere Stern« gegründet hatten, er kannte sogar alle ihre Vornamen. Irgendetwas musste sich darüber doch im Internet finden lassen. Er durchforstete die Online-Archive etlicher Zeitungen. Dummerweise wusste er sonst nichts über die Geschichte des Zirkus: Wo er entstanden war, wann das gewesen war … alles Details, die ihnen Mr Mitchell längst hätte verraten können, wenn er sie nicht auf morgen vertröstet hätte.

In diesem Fall rückten alle nicht so richtig mit Sprache raus – abgesehen vielleicht von Susannah Hall. Das hatte gleich mit Elliot Littlehorn begonnen.

Bob fiel in diesem Zusammenhang Mr Mitchells Warnung ein: Vertraut Littlehorn nicht!

Beim ›Finsteren Stern‹ schienen sich alle gegenseitig nicht so richtig zu trauen. Es wurde Zeit, Licht in diese ganzen seltsamen Beziehungen zu bringen.

Gerade gab der dritte Detektiv das Schlagwort

»Der finstere Stern«

in eine Suchmaschine ein. Es gab eine Menge Treffer, die ersten führten zu einem alten Film und zu einem Restaurant in New York, das offenbar über die Grenzen der Stadt hinaus von sich reden machte. Sinnlos. Er kombinierte es mit

Zirkus

und wartete gespannt auf das Ergebnis. Nichts, von einem obskuren Buch abgesehen, das den Titel »Manege des Todes« trug und in dem es offenbar um irgendwelche Monster ging, die sich auf dem Titelbild am Trapez schwangen und mit weit aufgerissenen Mäulern auf eine entsetzte Zuschauermenge starrten. »Na, so weit wird's ja hoffentlich nicht kommen«, murmelte Bob grinsend vor sich hin. Er versuchte es gähnend noch einmal mit den Namen

Brody Clay Kaylee Marley Dayna Franklyn

und gab einfach

Stern

dazu ein, ohne große Hoffnung zu haben. Der erste und einzige Treffer, der alle Schlagwörter enthielt, elektrisierte ihn dann aber wider Erwarten.

Mit einem Mal war der dritte Detektiv hellwach! Er klickte auf den Link zu einem eingescannten Zeitungsartikel auf der Webseite eines Mannes, der sich als »Amerikas erster privater Zirkushistoriker« bezeichnete.
Bob las und pfiff dabei leise vor sich hin.
Volltreffer!
»Wir Franklyns haben große Pläne«, murmelte Bob halblaut eine Zeile aus dem Artikel vor sich hin. »Unser heller Stern wird weithin scheinen.«
Der Blick des dritten Detektivs huschte noch einmal zum oberen Rand des eingescannten Artikels. Er stammte aus der *Washington Post*, einer der ältesten Zeitungen Amerikas – sie erschien seit 1877, wie Bob wusste –, und dieser Artikel stammte vom 5. Februar 1903.
1903!
Das war viel weiter in der Vergangenheit, als Bob geglaubt hatte. Es gab den Zirkus seit weit über *hundert* Jahren! Aber das konnte nicht sein. Das passte nicht zu dem, was sie erlebt hatten! Dazu, dass noch nicht alle Gründer-Geschwister tot sein sollten …
Bob druckte den Artikel aus und markierte mit Leuchtstift einige Stellen. Dann suchte er nach einer Kontaktmöglichkeit auf der Seite des Zirkushistorikers und wurde rasch fündig. Er schrieb eine Mail, in der er nach weiteren Informationen über die Franklyn-Geschwister fragte. Bei den letzten Zeilen – *Ich würde mihc über Antwort von IHnen freuen, Ihr Bob Andrws* – vertippte er sich vor Müdigkeit gleich drei Mal. Irgendwann gegen halb zwei in der Nacht kroch Bob ins Bett und schlief sofort ein.

»Ich habe mich ewig hin und her gewälzt«, sagte Peter am nächsten Morgen gerade zu Justus, als Bob durch das Kalte Tor in die Zentrale der drei ??? kam. Die Zentrale war das Detektivbüro der Jungen und befand sich in einem alten Campingwagen, der, versteckt unter einem riesigen Haufen Gerümpel, auf dem Hof des Gebrauchtwarencenters von Justus' Tante und Onkel stand. Das Kalte Tor war einer der geheimen Eingänge der Zentrale, ein ausrangierter Kühlschrank mit offener Rückwand, der Uneingeweihten eben wie irgendein Stück Schrott auf dem Gerümpelberg erschien und damit beste Tarnung bot.
Sie hatten vereinbart, in aller Frühe zum Schrottplatz zu kommen, um sieben Uhr, damit sie eine Stunde später rechtzeitig auf der Felsenebene Kelvin Mitchell treffen konnten.
»Und dann habe ich auch noch schlecht geträumt«, ergänzte der Zweite Detektiv.
»Von Zirkusflüchen, die Unheil bringen?«, fragte Justus trocken.
Peter brummte etwas mehr oder weniger Zustimmendes.
Bob unterbrach das Geplauder. »Kollegen, schaut euch das an!« Er holte den Ausdruck des Zeitungsartikels aus dem Rucksack, faltete ihn auseinander und klatschte ihn auf den Tisch, zwischen die gestrige Ausgabe der *Rocky Beach Today* und eine leere Keksschachtel.
Peter gähnte und streckte sich. »Das muss schon ziemlich sensationell sein, um mich am frühen Morgen zu begeistern.«
»Ist es auch!«, sagte Bob. »Ich gebe euch die Kurzfassung. Der Zirkus wurde von den Franklyn-Geschwistern gegrün-

det, genau wie wir es erfahren haben. Und das vor weit über hundert Jahren!«

Peters Kopf ruckte hoch. »Was?«

»Du hast schon richtig gehört«, versicherte Bob. »Dieser Zeitungsartikel stellt die fünf Geschwister und ihr Zirkusunternehmen vor, das sie ›Der helle Stern‹ nennen.«

»Der … helle Stern?«, fragte Justus.

Bob nickte. »Genau. Kein *finsterer* Stern. Deshalb hab ich auch unter dem Stichwort nichts von früher gefunden. Wurde der Name irgendwann geändert? Warum? Und die Tatsache, dass die Gründung schon so lange zurückliegt, wirft genauso Rätsel auf.«

»Sie klärt aber auch eines«, sagte Justus. »Nun ist mir klar, warum die beiden Lebenden, also Marley und Dayna, mit in die Legende aufgenommen worden sind. Was das Besondere an ihnen ist. Wenn sie tatsächlich noch leben, ist das in der Tat bemerkens- und höchst erwähnenswert! Dann wären die Schwestern sicher … nun 130 oder 140 Jahre alt, je nachdem, wie alt sie damals waren.«

»Wenn sie tatsächlich noch leben?«, wiederholte Peter. »Just, das kann doch nicht dein Ernst sein! Kein Mensch wird so alt!«

Der Erste Detektiv sah weniger erschrocken als vielmehr fasziniert aus. »Die Gaukler des finsteren oder hellen oder wie auch immer gearteten Sterns jedenfalls scheinen daran zu glauben, dass es die beiden Schwestern noch gibt. Sie hielten das abnorm hohe Alter nicht einmal für sonderlich erwähnenswert uns gegenüber.«

»Ich habe auch das Foto von gestern ausgedruckt«, sagte Bob

und holte es aus dem Rucksack. »Die Dame sieht tatsächlich uralt, aber höchst lebendig aus. Für den Fall, dass heute wieder eine dieser Gruselgestalten auftaucht, sollten wir eine Wanze und einen Peilsender mitnehmen. Beides höchst nützlich, wenn man vermeintliche Spukerscheinungen genauer unter die Lupe nehmen will.«

»Dazu bräuchte man vor allem erst mal eine Lupe«, meinte Peter. Als Justus diese Bemerkung mit einem abschätzigen Blick quittierte, ergänzte er: »Es ist zu früh morgens, um *gute* Witze zu machen …«

Sie packten die Sachen zusammen mit dem Zeitungsartikel und dem Foto in Bobs Rucksack und nahmen außerdem noch Mini-Taschenlampen mit. Falls sie wieder bis zum Einbruch der Dunkelheit blieben, konnte das draußen im Gebiet der Steilklippen durchaus nützlich werden. Dann fuhren sie mit den Fahrrädern zum Zirkusplatz.

Dort schien alles noch zu schlafen. Auch bei Mr Littlehorns abseits stehendem Wohnwagen war es ruhig. Als sie die Räder abstellten, war es fünf Minuten vor acht Uhr – sie kamen also pünktlich zum Treffen mit Kelvin Mitchell. Vom Meer her wehte wieder eine erfrischend kühle Brise und die Luft schmeckte salzig.

Der Chef der Schausteller kam ihnen entgegen. »Ihr seid also wirklich gekommen.«

»Selbstverständlich«, sagte Justus. »Wir hatten eine Verabredung, und wir stehen zu unserem Wort. Außerdem interessiert uns brennend, was Sie uns zu sagen haben.«

»Was wollt ihr denn genau wissen?«

»Uns beschäftigen vor allem zwei Dinge«, erklärte Bob. »Einerseits die Legende der zwei Lebenden und der drei Toten. Und darüber hinaus die Diebstahlserie hier bei Ihnen im ›Finsteren Stern‹.«

Irgendetwas an Mr Mitchells Reaktion war seltsam, aber es dauerte einige Zeit, bis die drei ??? bemerkten, was sie stutzig werden ließ: Er knetete seine Unterlippe, genauso wie es Justus immer tat, wenn er scharf nachdachte.

»Von allem, was mit der Legende zu tun hat«, sagte der Schausteller schließlich, »solltet ihr euch fernhalten. Es ist schon gefährlich, nur darüber zu reden. Wer sich damit beschäftigt, wird vom Unheil verfolgt.«

»Bei allem Respekt, Sir«, sagte Justus, »daran glauben wir nicht. Wir haben auch schon mehrfach darüber gesprochen und sind von Unheil verschont geblieben.«

»Ihr werdet schon sehen«, meinte Mitchell düster. »Was jedoch die Diebstahlserie angeht …«

»Sir, nur eine Frage zu der Legende, bitte«, unterbrach der dritte Detektiv. »Die fünf Geschwister haben den Zirkus vor über hundert Jahren gegründet. Glauben Sie denn tatsächlich, dass zwei der Schwestern noch immer am Leben sind? Sie müssten …«

»Sie sind über 140 Jahre alt, ja«, fiel Mitchell ihm ins Wort.

Von Helligkeit zur Finsternis

»Du hast Dayna gestern selbst gesehen. Eine der beiden taucht immer dann auf, wenn es schlecht um den ›Finsteren Stern‹ gestellt ist. Sie warnen uns – dass wir uns bessern müssen …« Mr Mitchell brach ab.

»Die Erscheinung warnt?«, fragte Justus. »Das passt nur bedingt zu dem, was die angebliche Dayna Franklyn gestern gerufen hat. Sie sprach von einem Sakrileg und davon, dass Sie alle den ›Finsteren Stern‹ beschmutzen, der einst so strahlend und schön gewesen sei.«

»Das zielt auf mich ab«, sagte Mr Mitchell. »Denn ich bin kein Franklyn, kein Nachfahre der Gründer! Allein deshalb sei ich schlecht für den Zirkus – das habe ich schon vor einer Woche lesen müssen, in blutroter Farbe auf ein Stück Holz geschmiert, das eine der Schwestern nachts vor meinen Wohnwagen gelegt hat. Aber mein Großvater hat den ›Finsteren Stern‹ gekauft, ganz offiziell. Ich habe die Besitzurkunde! Nur kümmert das diese … Erscheinung nicht. Sie hasst mich, versteht ihr?«

»Ich habe einen alten Zeitungsartikel gelesen«, sagte Bob. »Darin stand, dass der Zirkus als ›Der helle Stern‹ gegründet wurde. Wie kam es dazu, dass daraus ›Der finstere Stern‹ wurde? Wann und warum wurde der Name geändert?«

»Das geschah nach und nach, noch zur Zeit der Franklyns«, erklärte der Schausteller. »Drei der Geschwister starben innerhalb eines relativ kurzen Zeitraums. Durch einen Unfall, eine Krankheit, nichts Außergewöhnliches. Die Zeiten waren hart, damals. Bei jedem Todesfall wurde der Stern, das Symbol, das damals noch auf allen Buden und Wagen steckte, ein wenig dunkler eingefärbt, bis schließlich zu einem finsteren Grau. Die beiden überlebenden Schwestern entschieden, den Zirkus an meinen Großvater zu verkaufen, und sind davongezogen. Eigentlich das Ende der Geschichte. Doch dann tauchten sie plötzlich wieder auf. Als sie eigentlich schon viel zu alt waren. So nahm die Legende ihren Anfang.«

»Wann war das?«, fragte Peter.

Mitchell hob die Schultern. »Was weiß ich! Vor vierzig, fünfzig Jahren vielleicht. Die Schwestern hätten damals tot sein müssen, oder zumindest uralt … Aber sie wurden immer wieder gesehen. Natürlich hat niemand genau Buch geführt – wer würde das schon! Es war ein Spuk, versteht ihr, und … ich …« Mitchell schaute über die Schulter und wirkte wie ein in die Enge getriebenes Tier. »Aber nun genug davon! Kein Wort mehr über die Vergangenheit!« Er hatte sichtlich Angst – kein Wunder, denn die Erscheinungen in jüngster Zeit verfolgten ihn ja offensichtlich persönlich. Und wer weiß, wen sonst noch. Es wollte ja niemand so richtig darüber sprechen.

»Reden wir also über die Diebstahlserie«, schlug Peter vor. »Sie wissen, dass wir im Auftrag von Elliot Littlehorn hier sind. Und wir wiederum wissen, dass Sie auf Littlehorn nicht gut zu sprechen sind. Aber das ist nicht unsere Sache. Uns geht es vorrangig darum, ein Verbrechen aufzuklären – und das müsste doch auch in Ihrem Sinne sein.«

»Natürlich ist es das!«

»Darum bitten wir um die offizielle Erlaubnis«, ergänzte Justus, »auf dem Gelände des ›Finsteren Sterns‹ ermitteln zu dürfen. Wir bitten um Ihre Unterstützung, Mr Mitchell. Wir haben inzwischen von weiteren Diebstählen gehört. Und nicht nur von dem Zwischenfall, als Ihrem Gast gestern die Geldbörse entwendet worden ist. Ich vermute, dass weitere Besucher bestohlen wurden.«

»Da irrst du dich«, erklärte Mitchell. »Bislang wurden nur Kollegen bestohlen.«

»Also andere Schausteller?«, hakte Peter nach.

Mitchell nickte.

»Dann fällt der Diebstahl gestern aus der Reihe«, sagte Justus. »Wenn das so ist, bringt es uns womöglich gar nicht weiter, dass wir den Dieb gesehen haben. Die Wahrscheinlichkeit eines Zufalls ist groß. Ein Diebstahl, wie er eben überall einmal vorkommt, ein anderer Täter.«

»Vielleicht erklärt das auch die Sache mit dem Muff«, meinte Bob. »Der Dieb hatte das Teil eben zufällig dabei, als er sich spontan entschieden hat, die Geldbörse von Mr Glatzkopf zu stehlen.«

Peter schüttelte den Kopf. »Wie viele Männer mit Mütze und Sonnenbrille haben bei diesen herrlichen Temperaturen einen rosafarbenen Handwärmer dabei, wenn sie zum Zirkus gehen? Kannst du mir das sagen?«

»Da steckt etwas anderes dahinter«, murmelte Justus.

Bob verschränkte die Arme vor der Brust. »Egal! In der Hauptsache wurden Gaukler bestohlen. Das könnte bedeuten, der eigentliche Täter ist ebenfalls einer der Gaukler. Sogar falls der Diebstahl gestern doch damit zusammenhängt. Dann hat der Unbekannte eben einen Gehilfen beauftragt, um von sich abzulenken. Das würde das auffällige Erscheinungsbild erklären – ein Ablenkungsmanöver, das völlig in die Irre führt, indem es die Aufmerksamkeit auf ein unwichtiges Detail lenkt.«

»Du glaubst also, es ist einer meiner Kollegen?«, fragte Mr Mitchell wenig begeistert.

»Dieser Verdacht liegt leider nahe – schließlich sind die Verbrechen an verschiedenen Orten geschehen, richtig? Eben überall dort, wo ›Der finstere Stern‹ gastierte.«

»Es könnte uns auch jemand nachgereist sein. Oder eben seit Kurzem *vorausgereist*.« Die Art, wie Kelvin Mitchell das letzte Wort betonte, machte klar, wen er damit meinte.

»Sie beschuldigen Mr Littlehorn?«, fragte Bob.

»Ich beschuldige niemanden«, stellte Mitchell klar. »Ich sage nur, dass vieles möglich ist. Und kommt mir ja nicht damit, dass er selbst bestohlen worden ist. Gibt es denn einen Beweis dafür?«

»Andererseits – warum sollte ausgerechnet er uns hinzuziehen, wenn er selbst der Täter ist?«, fragte Justus. »Er hat uns gezielt aufgesucht. Wir sind Detektive, wie Sie sich inzwischen sicher …«

»Also gut!«, fiel Mitchell ihm ins Wort. »Klärt die Sache. Ich informiere die Kollegen, dass ihr nun in meinem Auftrag hier seid. Sie sollen euch unterstützen.«

Die drei ??? bedankten sich und verließen den Wohnwagen. Sie beschlossen, sich erst einmal in Ruhe zu beraten, und setzten sich auf halbem Weg zwischen Festplatz und Parkplatz auf die Felsen.

»Was haltet ihr von Mr Mitchells Aussagen?«, fragte Bob.
Justus knetete mal wieder seine Unterlippe. »Er sagt, diese Spukgestalt geht gezielt gegen ihn vor, weil er kein Nachkomme der Gründer ist. Kommt mir so vor, als ob er da übertreibt. Geht es der uralten Frau tatsächlich nur darum? Bei ihrem Erscheinen gestern klang das anders!«
»Just, du glaubst doch nicht, dass das wirklich ein Geist …«, setzte Peter an.
»Wer redet denn von einem Geist? Es geht darum, dass die beiden Gründerschwestern noch immer *leben*!«
»Was ja wohl kaum sein kann nach all den Jahren!«, meldete sich der dritte Detektiv zu Wort.
Justus winkte ab. »Lassen wir das einmal außen vor. Vielmehr ist relevant, dass diese Gestalt dem ›Finsteren Stern‹ etwas vorwirft – Unmoral, ein Sakrileg, die Beschmutzung des einst so tollen Zirkus!«
»Klingt nicht nach einer persönlichen Ablehnung von Mr Mitchell, nur weil der eben kein Franklyn ist«, stellte Peter fest.
Justus nickte nachdenklich. »Eben! Und es bleiben eine Menge weitere Unklarheiten …«
Zudem mussten sich die drei ??? der Frage stellen, wie sie mit ihrem Auftraggeber umgehen sollten. Hatte Mitchell recht? Mussten sie Littlehorn tatsächlich verdächtigen? Die Art, wie er mit Informationen herausrückte, und auch, wie er generell mit ihnen umgegangen war, war zumindest merkwürdig. Erst engagierte er die drei ??? und hielt sie dann hin. Während nach und nach die Schausteller aus ihren Wagen kamen und ihre Buden öffneten, trudelten auch die ersten

Gäste ein. Gegen Mittag tummelten sich etliche Familien auf dem Platz. Die Kunde von der Anwesenheit des »Finsteren Sterns« schien sich in Rocky Beach tatsächlich herumgesprochen zu haben. Die drei ??? entdeckten auch wieder die kleine Leigh inmitten eines Schwarms anderer Mädchen – offenbar hatte sie all ihre Freundinnen mobilisiert. »Harriet ist sooo süß!«, hörten sie, als die Kinder an ihnen vorbeirauschten.

Die drei Freunde mischten sich auch wieder ins Geschehen und hielten die Augen offen. Ob es zu einem erneuten Diebstahl kommen würde? Sie überlegten, wie sie dem Dieb eine Falle stellen könnten – etwa indem sie einen Köder auslegten. Nur was für einen?

Als sie an der kleinen Zauberbühne vorbeikamen, auf der momentan keine Show lief, blieb Peter wie angewurzelt stehen.

»Was ist los?«, fragte Bob.

»Mensch … das ist so offensichtlich!«, staunte der Zweite Detektiv. »Denkt an gestern. An Leigh und ihr verschwundenes Hündchen. Glaubt ihr, dass der kleine Rufo sich tatsächlich von alleine losgerissen hat? Und dass dieser Tobin Miller ihn zufällig gefunden und in seine Show eingebunden hat?«

Bob winkte ab. »Das haben wir doch gestern schon bezweifelt. Vielleicht hat er es als Werbestrategie genutzt – eine schöne Show um ein zurückgezaubertes Hündchen, um die Gäste zu beeindrucken. Nicht ganz sauber, aber er hat …« Er stockte, als er Peters Gedankengang begriff. »Natürlich, Zweiter. Das ist brillant!«

»Mal angenommen, Miller hat das alles inszeniert«, fuhr Peter fort. »Dann zeigt das noch etwas ganz anderes. Nämlich, dass Tobin Miller sehr geschickte Finger hat! Er hat den Hund von der Leine gelöst, ohne dass Leigh etwas davon mitbekam. Wenn das stimmt, wäre er sicher auch ein geschickter Dieb.«

»Und vergesst nicht seine Affendame Harriet!«, sagte Bob. »Das passt wie die Faust aufs Auge! Wisst ihr noch, wie Harriet diesem anderen Schausteller den Schraubenschlüssel gestohlen hat? Klingelt da nicht etwas? Gestohlen! Wie konnten wir nur so blind sein!«

»Immer langsam«, forderte Justus. »Wir dürfen keine voreiligen Schlüsse ziehen. Aber Tobin Miller ist mit seinem dressierten Affen in der Tat verdächtig. Also, wie überprüfen wir ihn?«

»Mit unserem Peilsender«, sagte Bob und tippte hinter der Schulter auf den Rucksack. »Bringen wir ihn an Harriets Halsband an. Dann können wir verfolgen, ob das Schimpansenmädchen in irgendwelche Wohnwagen eindringt. Und mit der Wanze könnten wir …«

Weiter kam er nicht.

Denn ganz in der Nähe flog eine Wohnwagentür auf und die Clownin stürzte ins Freie, wie immer in vollem Kostüm und mit kugelrunder Plastiknase. Sie sah jedoch gar nicht nach Spa-ha-haß aus, sondern schrie: »Verdammt! Mein Schmuck ist weg! Mein ganzer Schmuck ist weg!«

Knusperhäuschen

Nicht nur die drei ??? wurden hellhörig, sondern auch etliche der Besucher rundum. Aufgeregtes Gemurmel machte sich breit, irgendwer rief: »Schon wieder? Hier ist man ja seines Lebens nicht mehr sicher! Gestern gab's schon einen Überfall!«

Die drei Detektive kümmerten sich nicht weiter um die anderen, sondern eilten zur Clownin. »Bitte bleiben Sie ruhig«, sagte Justus. »Was können Sie uns über den Diebstahl erzählen?«

»Was wollt ihr denn schon wieder von …«

»Wir arbeiten im Auftrag Ihres Chefs Kelvin Mitchell«, stellte Justus klar.

»Kelvin?«

»Er bittet darum, dass Sie uns unterstützen. Wir werden alles daransetzen, Ihren Schmuck wiederzufinden.«

»Der Junge hat recht, Amalia!«, sagte Mr Mitchell, der plötzlich neben ihnen stand. »Bitte geh rein und erzähl den dreien, was geschehen ist.« Er verdrehte die Augen und deutete vielsagend auf die Menge rundum. »Keine Angst, meine Damen und Herren! Es ist alles in Ordnung!«

»So klingt das aber nicht«, hörten die drei ??? noch eine Frauenstimme, ehe sie die Tür des Wohnwagens der Clownin hinter sich schlossen.

»Hier«, sagte sie. »In dieser Schatulle lagere ich meinen Schmuck, schon seit Ewigkeiten. Ja, nicht besonders sicher, ist mir klar, aber es ist noch nie etwas passiert!«

Sie deutete auf eine offen stehende Schublade eines kleinen Schränkchens. Darin stand eine Schatulle aus einfachem Metall, deren Deckel aufgeklappt war und in der gähnende Leere herrschte.
»Aber Sie wussten doch, dass einige Ihrer Kollegen bestohlen worden sind«, sagte Justus – besann sich dann aber darauf, dass es nichts brachte, das Opfer des neuen Diebstahls nun mit Vorwürfen zu konfrontieren.
Außerdem hatte er etwas entdeckt: schmutzige, leicht verschlammte Fußspuren auf dem Boden! Sie führten vom Eingang zu dem Schränkchen und wieder zurück.
Bob deutete darauf. »Ich nehme nicht an, dass diese Abdrücke von Ihnen stammen?«
»Oh. Nein«, sagte die Clownin. »Ich war eine ganze Weile draußen unterwegs, hab Luftballons verteilt. Ich bin eben zurückgekommen. Das ist ja … also …«
»Eine mehr als eindeutige Spur«, sagte Justus. Zumal neben den normalen Fußspuren noch kleinere Abdrücke zu erkennen waren.
Spuren von Pfoten, genau passend für ein Schimpansenmädchen …
»Kollegen, das ist wohl eindeutig«, sagte Justus. Und es passte exakt zu ihren Überlegungen. »Das war ja fast zu einfach. Stellen wir den sauberen Zauberer Mr Tobin Miller zur Rede!«
Sie eilten nach draußen, schauten sich um. Und waren nicht wenig verblüfft, als sie draußen noch den einen oder anderen schlammigen Fußabdruck entdeckten, der Richtung Zauberbühne führte. Von dort hörten sie das Keckern des Affen.

Sie rannten los.
Tobin Miller stand in aller Seelenruhe und in einen schwarzen Umhang gewandet vor einigen Zuschauern und schwenkte seinen Zauberzylinder. Unter dem Umhang lugten schlammverschmierte Schuhe hervor. »Ich werde nun etwas vor aller Augen verschwinden lassen!«, kündigte er an. »Bestimmen Sie: Was soll es sein? Mein Äffchen?«
»Nein!«, kreischte ein kleiner Junge aus dem Publikum erschrocken, was seine Eltern zum Lachen brachte.
»Dann vielleicht dich, mein Kind?« Miller machte einen Schritt vorwärts. »Bist du so mutig, dich als Freiwilliger zur Verfügung zu stellen?«
»Dem versalze ich die Suppe!« Bob sprintete die letzten Schritte bis direkt vor der Bühne. »Wie wäre es«, rief er, »wenn Sie stattdessen den Schmuck wieder herbeizaubern, den die Clownin vermisst? Oder besser gesagt – den Sie Ihrer Kollegin gestohlen haben?«
Ein Raunen ging durch die Menge. »Was hat er gesagt?«, hörte Bob. »Wie war das? Hast du *das* gehört?«
Der dritte Detektiv hatte nun die Aufmerksamkeit aller Zuschauer auf sich gezogen. »Sie sind diesmal sehr ungeschickt vorgegangen! Ihre Schuhe sind ein eindeutiger Beweis dafür, dass Sie in den Wohnwagen …«
Eine hastige Armbewegung des Zauberers ließ ihn verstummen – oder genauer gesagt das unmittelbar darauffolgende Donnern.
Dichter Qualm wallte auf!
Irgendwo hustete jemand.
Tobin Miller hatte eine Rauchbombe geworfen!

Man hörte Harriet keckern. Sie hüpfte auf einmal aus den Schwaden, genau auf Bob und seine Freunde zu. Sie sah aus wie direkt aus einem Gruselfilm entsprungen. Das lenkte die drei ??? ab, sodass sie erst Sekunden später bemerkten, dass Tobin Miller in exakt die entgegengesetzte Richtung davonrannte.

Sie spurteten ihm hinterher.

»Haltet ihn auf!«, rief Justus. »Er ist der Dieb!«

Der Zauberer schaute über die Schulter zurück – und stolperte dabei. Er fuchtelte wild mit den Armen in der Luft, als suche er Halt. Und fiel trotzdem hin. Aber irgendwie sah es seltsam sanft aus. Gekünstelt.

»Verflixt, was geht hier vor?«, murmelte Justus, während Peter zu dem Geflüchteten sprang und ihn am Boden festhielt. Miller wehrte sich nicht.

Oder doch?

Der Dieb schob seine rechte Hand hastig in die weite Tasche seines Umhangs.

Versteckte er dort noch eine Rauchbombe?

Oder – eine Waffe?

»Vorsicht, Peter!«, rief Bob.

Doch was Miller tat, war so verrückt, dass es allen drei ??? die Sprache verschlug. Der Dieb holte tatsächlich etwas aus der Tasche. Eine … Kamera?

Er hielt sie Peter vors Gesicht. Ein Blitzlicht flammte auf. Der Zweite Detektiv schloss geblendet die Augen. Sollte das ein Befreiungsversuch sein? Dann würde er nicht gelingen, Peter hielt den Mann unbeirrt fest.

Und Miller – lachte.

»Meine Damen und Herren«, rief Kelvin Mitchell in diesem Augenblick. »Welch eine Show! Welch – eine – Show! So etwas erleben Sie nur bei einem Besuch hier bei uns!«
In diesem Augenblick begriff Justus. Und er fühlte sich, als würde ihm der Boden unter den Füßen weggezogen: verblüfft, verärgert, beleidigt … aber auch ein wenig belustigt. Stinksauer und begeistert zugleich.
Der Chef der Gaukler stellte sich neben Miller und Peter. »Scheinbare Diebstähle … und echte Detektive, die brillant kombinieren und eine echte Verfolgungsjagd starten! Action wie im Kino, aber so viel besser, denn Sie sind mittendrin! Wo gibt es das schon? Hier bei uns erleben Sie es!«
Plötzlich surrte Millers Fotokamera und aus einem kleinen Schlitz fuhr ein Bild heraus. Es war eine Sofortbildkamera!
Der Zauberer nahm das Foto heraus und wedelte es hin und her, damit es trocknete. Er schaute darauf. »Das Gesicht eines jungen, mutigen Mannes! So ein Gesichtsausdruck ist einfach unbezahlbar! Danke, dass ihr drei bei unserer Show mitgemacht habt, wenn auch unwissentlich. Ihr habt eure Sache sehr, sehr gut gemacht!«
Einen Augenblick herrschte bei den Zuschauern ringsum atemlose Stille, dann brandete begeisterter Applaus auf.
»Inszeniert«, flüsterte Justus so leise vor sich hin, dass nur Bob es hören konnte, der direkt neben ihm stand. »Die Diebstähle waren nicht echt. Deshalb diese offensichtliche Spur, die man gar nicht übersehen konnte! Wieso hätte Miller auch so dumm sein und auch noch Pfotenabdrücke zurücklassen sollen?«
»Und die Rauchbombe, die er so passend bei sich hatte, war

nur«, Bob ächzte, »ein Knalleffekt, nichts weiter. Alles geplant!«
Miller kam auf die Füße und streckte Peter die Hand hin. Der Zweite Detektiv ignorierte sie und stand ebenfalls auf.
»Ihr wart super, Jungs! Ihr habt den Fall schnell gelöst – und ich hoffe, ihr nehmt es sportlich, dass wir euch hereingelegt haben!«
Mr Mitchell deutete auf Justus, Peter und Bob. »Einen Applaus für die fantastischen Jungdetektive, bitte!«
Das Publikum folgte seiner Aufforderung und war sichtlich gut gelaunt.
»Alles für die Show!«, rief Kelvin Mitchell noch. »Wer weiß, was wir Ihnen in den nächsten Tagen noch bieten! Erzählen Sie es weiter und … beehren Sie uns wieder!« Er verneigte sich theatralisch.
Die Leute applaudierten auch ihm und zerstreuten sich dann.
Die drei ??? standen da wie begossene Pudel, die gerade einen Züchterwettbewerb gewonnen hatten. Zwar ließ es Mr Mitchell geschickt so aussehen, als wären die drei Jungen die Sieger in diesem seltsamen Spiel, aber aus ihrer Sicht waren sie eben doch hereingelegt und ausgenutzt worden.
Peter ging zu seinen Freunden. »Wir hätten das merken müssen«, sagte er.
Bob seufzte. »Mir kam ja so einiges seltsam vor … aber *damit* habe ich nicht gerechnet.«
Mr Mitchell stellte sich zu ihnen. »Kommt mit in meinen Wohnwagen«, bat er. »Ich erzähle euch die ganze Geschichte, das habt ihr euch verdient.«

In Mitchells Wohnwagen ließ es sich der Erste Detektiv nicht nehmen, eine kleine Ansprache zu halten. »Sie waren uns eine Nasenlänge voraus, das muss ich leider zugeben, Mr Mitchell. Sie haben uns gewissermaßen eine unübersehbare Brotkrumenspur gelegt, der wir blind gefolgt sind! Ich hätte es merken müssen, so offensichtlich, wie die Spur war. Etwas so Eindeutiges ist verdächtiger als überhaupt keine Spur.«

»Und so haben Sie uns wie Hänsel und Gretel direkt ins Knusperhäuschen geführt«, sagte Peter.

Sie saßen eng beieinander an einem kleinen Tisch. Bob hatte seinen Rucksack unter die schmale Couch geschoben, ehe er sich neben den Ersten Detektiv in das Polster gedrängt hatte.

»Das Märchen geht ein wenig anders, Kollege«, sagte Justus. »Trotzdem ist das Bild ganz passend. Sie haben uns ein verlockendes Ziel geboten – ein prominenter Diebstahl, eine unmittelbare Entlarvung des Täters, eine kleine Verfolgungsjagd. Kurz gesagt, eine gute Show. Ihre Art, Werbung zu machen.«

»Mit so viel Aufwand haben wir das nie zuvor betrieben«, sagte Mitchell. »Als wir uns auf den Weg nach Rocky Beach machten und Elliot von euch hörte, hatte er diese Idee, euch einzuspannen.«

»Elliot Littlehorn hat also mit Ihnen zusammengearbeitet«, sagte Peter.

»Selbstverständlich, Zweiter«, sagte Justus. »Deshalb auch sein Gerede um den heißen Brei. Die Behauptung, dass er sich vom ›Finsteren Stern‹ getrennt hätte – alles nur, um uns neugierig zu machen. In diese Schublade passt auch die Prophezeiung der Wahrsagerin, dass ein Auftrag vor uns liegt, den wir bewältigen müssen. Sie wusste auch von dem Plan, uns zu ködern. Zwei Dinge jedoch passen für mein Gefühl nicht ins Bild, deshalb bin ich überzeugt, dass dieser Fall für die drei ??? noch nicht zu Ende ist. Im Gegenteil, er hat eine höchst interessante Wendung genommen! Korrigieren Sie mich, Mr Mitchell, wenn ich unrecht habe. Erstens der bestohlene Mr Glatzkopf: Das war ein echtes Verbrechen, denn er war ein Besucher und konnte deshalb nicht eingeweiht sein. Korrekt?«

»Korrekt. So weit würden wir nie gehen«, sagte der Chef der Gaukler. »Dieser Diebstahl war nicht inszeniert.«

»Und zweitens«, fuhr der Erste Detektiv fort, »die Sache mit der Legende. Der Auftritt der alten Dame.«

»Auch damit würden wir niemals spaßen«, sagte Mitchell. »Es ist sehr gefährlich, die Legende auch nur zu erwähnen.«

Das hatten die drei ??? nun oft genug gehört – aber diesmal würden sie sich nicht mehr abwimmeln lassen.

Bob öffnete seinen Rucksack und zog das ausgedruckte Foto der uralten Frau hervor. Er legte es auf den Tisch. »Dieses Foto habe ich gestern geschossen. Können Sie sich das Gesicht genauer anschauen? Bitte! Vielleicht haben Sie diese Frau schon einmal gesehen – ohne ihre Verkleidung. Ich gehe nicht davon aus, dass …«

Die Tür des Wohnwagens wurde aufgerissen.

Elliot Littlehorn starrte herein und auf seinem Gesicht stand das blanke Entsetzen.

»Was ist los?«, fragte Mr Mitchell.

»Kelvin, komm – komm mit«, sagte Littlehorn mit zitternden Lippen. »Du wirst es nicht glauben …«

Eine Kirschkernbotschaft und ein rosa Muff

Littlehorn rannte vorweg, in Richtung seines Wohnwagens und des davor aufgebauten Zeltes. Kelvin Mitchell folgte gemeinsam mit den drei ???. Um die Besucher, die ihnen hinterherschauten, kümmerten sie sich nicht. Mr Littlehorn blieb erst vor dem Zelt seines Sonnensturzes stehen. »Jungs, ihr … ihr solltet verschwinden. Das ist nichts für euch.«
Justus holte tief Luft. »Mr Littlehorn. Nachdem Sie uns ohne unsere Einwilligung in Ihre Show eingespannt haben, wollen Sie uns jetzt wegschicken? Vergessen Sie's! Die drei ??? werden Sie nun so schnell nicht mehr los. Wir bleiben hier – und das sind Sie uns schuldig! Ihre große Erregung lässt mich vermuten, dass die Sache hier etwas mit der Legende zu tun hat. Richtig? Wir gehen nicht, ehe wir geklärt haben, was es mit dieser Geschichte auf sich hat.«
Littlehorn schaute seinen Chef an. »Kelvin?«
Der deutete auf den Eingang ins Zelt. »Na los!«
Langsam drehte sich Littlehorn um und trat ein, gefolgt erst von Justus und Bob, dann von Mr Mitchell und schließlich von Peter.
Man konnte gar nicht übersehen, was Littlehorn so sehr beunruhigte. Das, was sich auf der aufgespannten Leinwand abspielte, tauchte das Zelt in düster flackerndes Zwielicht.
Dort zeigte sich nicht mehr das Spektakel der Sonne, die ihre Protuberanzen ins All schickte und auf die Erde stürzte … sondern ein brennender Wohnwagen. Über den Spit-

zen der Flammen schwebten drei durchsichtige, geisterhafte Gestalten: ohne Zweifel die drei Toten der Legende.
Brody, Clay und Kaylee Franklyn.
Dann deutete Elliot Littlehorn mit zitternden Fingern auf den Boden. Dort lagen Kirschkerne, wie er sie für sein Hütchenspiel benutzte.
Hunderte Kirschkerne.
Kerne, die eine Nachricht bildeten.

Der finstere Stern geht unter.
Ihr werdet bezahlen!

Bob zog sein Handy aus der Hosentasche und schoss ein Foto.
»Eine Drohung der zwei Lebenden«, sagte Justus. »Das ist es doch, nicht wahr? Wofür sollen Sie bezahlen? Dafür, dass Sie den Zirkus nicht ehrenhaft führen?«
»Weil es in den Augen dieser Spukgestalten ein Sakrileg ist«, fuhr Bob fort, »dass es Diebstähle gibt und … nein, halt. Die gibt es ja eben nicht, bis auf den einen an Ihrem glatzköpfigen Besucher gestern.«
»Es ist, weil ich kein Nachkomme der fünf Geschwister bin«, sagte Mitchell.
»Was man Ihnen kaum zum Vorwurf machen kann«, sagte Peter. »Wir glauben nicht, dass es darum geht – zumindest nicht nur. Hören Sie, ich will ehrlich sein. Ich bin manchmal nicht der Mutigste, wenn es um Geister und Spukeffekte geht. Aber von dem Film dort oben abgesehen, der in der Tat ein wenig beängstigend ist, liegen ein paar Kirschkerne

auf dem Boden, nicht mehr. Das ist sicher nicht das Werk eines Geistes.«

»Niemand hat gesagt, dass die beiden Schwestern Geister sind«, sagte Littlehorn. »Das ist es ja. Sie sind eben die zwei Lebenden und einfach nur sehr alt. Und sie verfolgen den ›Finsteren Stern‹ schon seit Jahrzehnten!«

»*Einfach nur sehr alt*? So würde ich das nicht nennen«, stellte Justus klar.

»Wir Gaukler sind vielleicht ein abergläubisches Völkchen«, sagte Mitchell. »Wir alle fürchten die Legende, weil wir seit unserer Kindheit damit aufgewachsen sind! Stell dir vor, du hast vor etwas Angst – und dann geht jemand hin und nimmt diese Angst aus deinem Kopf heraus und stellt sie vor dich. Wie würdest du dich fühlen?«

»Ich verstehe«, sagte Justus. »Und der brennende Wohnwagen ist eine eindeutige, sehr handfeste Drohung. Jemandem gefällt die Entwicklung des ›Finsteren Sterns‹ offensichtlich überhaupt nicht. Auch wenn ich nicht glaube, dass dieser Jemand einer der fünf Geschwister ist. Vielleicht geht es in Wirklichkeit um etwas völlig anderes.«

»Wir müssen alles über die Spukerscheinungen in letzter Zeit wissen«, forderte Bob.

»Hört zu«, sagte Littlehorn. »Ihr habt euren Auftrag erfüllt. Ich habe euch engagiert und gebeten, ihr solltet mir helfen zu gewinnen. Genau das habt ihr getan, wenn auch anders, als ihr es dachtet. Die Show war prima, das spricht sich herum, das bringt Besucher. Euer Auftrag ist erfüllt. Geht nach Hause. Das hier ist nicht mehr eure Sache.« Er richtete den Blick auf die Leinwand.

»Noch einmal, wir lassen uns nicht abwimmeln«, sagte Peter.
Jemand kam ins Zelt.
Der Zweite Detektiv erkannte ihn sofort, und es hätte dazu nicht des rosafarbenen Muffs bedurft, den der Fremde wieder um den linken Unterarm trug.
Es war der Dieb, der am Vortag Mr Glatzkopf überfallen hatte!
Und er hielt eine Pistole in der Hand, die er auf Kelvin Mitchell richtete. »Das solltet ihr aber«, sagte der Mann. »Folgt dem guten Rat dieses freundlichen Mannes – und verschwindet von hier!«
Für einen Augenblick erstarrten die drei ??? – dann setzte sich Justus in Bewegung. Er ging auf den Dieb zu.
Der hielt die Pistole ein Stückchen höher und richtete sie nun auf Justus. »Bleib stehen, Bursche! Sofort!«
»Wieso sollte ich?«, fragte der Erste Detektiv gelassen. Zumindest so gelassen, wie er konnte. Er handelte rein intuitiv, aufgrund einer Vermutung darüber, was sich hier gerade abspielte … aber eine Vermutung war eben keine völlige Gewissheit. Und das konnte sich rächen, wenn man in den Lauf einer Pistole blickte.
»Justus, er hat eine Waffe in der Hand!«, meinte Peter alarmiert.
»So, hat er das wirklich?« Der Erste Detektiv ging noch näher an den Dieb heran. Er musste sein Vorhaben jetzt durchziehen.
Der Mann spannte den Zeigefinger um den Abzug. Noch eine Winzigkeit mehr Druck und er würde schießen. »Mach keinen Unfug, Bursche! Du solltest nie darauf vertrauen,

dass ein Strolch nicht schießt, wenn er eine Waffe auf dich richtet!«

Strolch.

Dieses Wort zu hören, erleichterte Justus sehr. »Das sehe ich anders«, sagte er. »Wir sind heute einer extrem auffälligen Spur gefolgt, die sich als gute Show entpuppte. In etwa so auffällig wie ein Dieb, der ohne jeden Grund einen rosa Muff trägt, damit er auch ja niemandem entgeht und sich jeder an ihn erinnert. Die Show ist wohl doch noch nicht vorbei, ja? Mr Mitchell sagte, er würde nie so weit gehen, einen Gast zu überfallen, und das glaube ich ihm sogar. Aber Mr Glatzkopf war gar kein Gast. Er gehört zur Truppe und Sie auch. Er hat mit Ihnen zusammengespielt, nicht wahr? Deshalb hat er auch ganz passgenau den Diebstahl bemerkt, als Sie gerade noch in Sichtweite waren! Mir ist nicht entgangen, dass er dasselbe sehr altertümliche Wort verwendet hat wie Sie eben – *Strolch*. Das wird so gut wie nicht mehr benutzt heutzutage … Von Ihnen beiden aber schon, vielleicht weil es bei der Planung Ihrer gemeinsamen Tat fiel? Es ist eine abgekartete Sache! Und deshalb glaube ich auch, dass Sie zurzeit eine falsche Waffe auf mich richten! Eine Spielzeugpistole, die ziemlich echt aussieht, aber eben doch nicht *wirklich* echt.«

»Du irrst dich, Justus«, zischte Mitchell. »Ich habe diesen Mann noch nie gesehen! Er gehört nicht zu uns!«

Der Erste Detektiv wurde blass. Sollte er sich tatsächlich getäuscht haben? Seine Augen weiteten sich, als der Fremde die Pistole noch höher hob.

»Geh zurück, Junge!« Mitchell zog ihn nach hinten.

»Stopp!«, verlangte der Fremde. »Ja, niemand hier im Zirkus kennt mich. Aber wisst ihr was? Der Bursche hat recht! Der Überfall gestern war nicht echt und das hier ist keine echte Pistole.« Er hob sie senkrecht nach oben, drückte den Abzug – und eine kleine Feuerzeugflamme loderte über der Mündung, ehe er die angebliche Waffe wegsteckte.
»Was – was soll das?«, fragte Mitchell fassungslos.
Justus, unendlich erleichtert, dass er sich nicht getäuscht hatte, lachte auf und versuchte gleichzeitig, das leichte Zittern seiner Knie zu verbergen. »Wenn das so ist, gibt es nur eine einzige Erklärung. Wie heißen Sie, Sir?«
»Mein Name ist Dustin Cooper.«
»Auf *die* Erklärung bin ich aber gespannt!«, sagte Mitchell.
»Mr Cooper wusste, welche Art Schauspiel Sie alle hier betreiben, um den ›Finsteren Stern‹ zu bewerben. Er kannte Ihr Motto: Alles für die Show. Richtig?«
Cooper lachte und nickte.
Mitchell schüttelte den Kopf. »Aber – ich verstehe immer noch nicht!«
Justus gefiel es, nun die Fäden in der Hand zu halten. »Mr Cooper hat Ihnen gezeigt, dass er sich ebenfalls auf eine gute Show versteht.«
»Ganz genau«, sagte Cooper. »Kurz gesagt – nehmen Sie dieses kleine Meisterstück als meine Bewerbung, Mr Mitchell. Ich hoffe, ich habe bewiesen, dass ich gut in Ihre Truppe passe. Stellen Sie mich ein, ich möchte beim ›Finsteren Stern‹ mitarbeiten.« Er zog eine Visitenkarte hervor und drückte sie dem Chef der Gaukler in die Hand.
Peter setzte sich mit noch immer weichen Knien auf den

Boden. Dass er dabei die letzten Buchstaben der Kirschkernbotschaft zerstörte, war ihm völlig egal.
Justus hingegen grinste wie ein zufriedenes Honigkuchenpferd. »Damit wäre das auch geklärt. Oder zumindest fast. Wie war das mit dem kahlköpfigen Mann, den Sie bestohlen haben? Er wusste Bescheid, nicht wahr?«
»Natürlich! Ich habe ihn für seinen Auftritt bezahlt.«
Der Erste Detektiv atmete tief durch. »Dann bleibt nur noch die Spukgeschichte. Widmen wir uns also dem brennenden –«
»FEUER!«
Der gellende Schrei kam eindeutig vom Festplatz. Alle rannten nach draußen und sahen dichten Qualm aufsteigen. Kelvin Mitchells Wohnwagen stand in Flammen!

Justus nimmt es persönlich

Hektische Rufe tönten zu den drei ??? herüber. Die Besucher brachten sich in Sicherheit. Justus, Peter, Bob und Kelvin Mitchell hingegen versuchten, näher zum brennenden Wohnwagen zu gelangen.
Dicke Rauchschwaden stiegen auf. Der Wind wehte sie den drei Freunden ins Gesicht. Peter war als Erster dort, musste aber mit einigem Sicherheitsabstand stehen bleiben. In der Luft trieben Funken. Ein paar Schausteller traten heran.
»Wir müssen etwas tun!«, rief Justus. »Das Feuer darf sich nicht ausbreiten!«
Am schnellsten hatte die Clownin reagiert. Sie hielt bereits einen Feuerlöscher in den Händen – allerdings schlug die Hitze ihr zu stark entgegen und verhinderte, dass sie zu Mitchells Wohnwagen vordringen konnte. Noch griffen die Flammen nicht auf die benachbarten Wohnwagen über.
Bob zog sein Handy aus der Hosentasche hervor, um die Feuerwehr anzurufen. Die Clownin bekam das mit und rief dem dritten Detektiv zu, dass sie das längst erledigt hatte.
Der Wohnwagen stand jetzt lichterloh in Flammen. Es musste bereits seit einiger Zeit im Inneren gebrannt haben, dann waren die Scheiben geplatzt und das Feuer hatte auf das Äußere übergegriffen.
»Sind alle in Sicherheit?«, rief Peter. »Ist irgendjemand –«
»Niemand mehr in der Nähe«, unterbrach die Clownin, die frustriert den Feuerlöscher sinken ließ. Sie konnten nichts anderes tun, als auf die Feuerwehr zu warten.

Ein Teil der Besucher sammelte sich in sicherer Entfernung und begaffte das Spektakel. Andere stiegen in ihre zum Glück weit genug abseits geparkten Wagen und fuhren davon.
Diese Katastrophe würde wohl kaum für den »Finsteren Stern« werben …
»Wenn das Feuer irgendwo übergreift, versuchen Sie es sofort zu löschen, solange die Flammen klein sind«, sagte Peter zu der Clownin. »Gibt es weitere Feuerlöscher?«
»Bist du hier der Boss oder was?«, raunzte sie ihn an, sichtlich gestresst. »Ich weiß, was zu tun ist!«
Kelvin Mitchell stellte sich zwischen die beiden. »Ich kümmere mich um alles, Amalia. Geht ihr weit genug zurück, Jungs.«
Die drei ??? folgten der Aufforderung, weil sie ohnehin zum Nichtstun verdammt waren. Und im Weg herumstehen und andere behindern wollten sie ganz sicher nicht.
»Brandstiftung«, sagte Justus. »Ganz eindeutig.«
»Es könnte Zufall gewesen sein«, setzte Bob entgegen, ohne selbst daran zu glauben.
»Nach dem, was auf Littlehorns Leinwand zu sehen war?«, fragte der Erste Detektiv. »Ein brennender Wohnwagen! Das ist so eindeutig, wie es nur sein kann!«
»Mein Rucksack ist noch da drin!«, sagte Bob mit einem Mal. »Mit unserer Ausrüstung!«
»Die müssen wir wohl abschreiben.« Peter seufzte. »Aber wir sollten froh sein, dass wir nicht mehr selbst im Wohnwagen waren.«
»Dann hätten wir den Brand vielleicht verhindern können!«,

ereiferte sich Bob. »Außerdem glaube ich, dass der Täter auf den richtigen Moment gewartet hat, um unbemerkt zuzuschlagen. Er hat die Botschaft in Littlehorns Sonnensturz gelegt und wusste, dass Mr Mitchell dorthin gerufen werden würde. Dann hat er Benzin ausgegossen oder sonst etwas – sonst hätte sich das Feuer niemals so schnell ausgebreitet.«

Von der Küstenstraße her war die Sirene eines heranrasenden Feuerwehrwagens zu hören. »Wenigstens das«, sagte Bob.

Nur Augenblicke später gingen die Feuerwehrleute an die Arbeit.

Die drei ??? entschieden, zurück zu Littlehorns Zelt zu gehen. Wegen der Aufregung war keine Zeit geblieben, sich dort genauer umzusehen. Wer immer die Kirschkernbotschaft gelegt und den Film auf den Laptop gespielt hatte, musste einige Zeit gebraucht haben. Vielleicht hatte er Spuren hinterlassen.

Sie fanden im Zelt nicht nur ihren ursprünglichen Auftraggeber, sondern zu ihrer Überraschung auch die Clownin. Offenbar war sie noch vor den drei ??? vom Brand weggegangen. Sie stand mit Littlehorn vor der Botschaft. Beide starrten auf den Boden. Zur noch größeren Überraschung der drei Detektive hatte Littlehorn die Arme um die Schultern seiner Besucherin gelegt. Offenbar standen sie sich nahe und ihr Streit vor zwei Tagen war nur ein weiteres Detail in dem ausgeklügelten Schauspiel gewesen.

»Was wollt ihr?«, fragte die Clownin die Jungen.

»Wir sind offenbar zum selben Schluss gekommen wie Sie«, erklärte Justus. »Beim Wohnwagen können wir momentan nichts tun. Darum wollten wir uns hier umsehen. Vielleicht hat der Eindringling Spuren hinterlassen.«

»Sucht nur, ihr lasst euch ja eh nicht davon abhalten«, sagte Littlehorn. »Aber ich glaube nicht, dass ihr fündig werdet.«

»Es ist jedenfalls nicht das Werk von Geistern«, meinte Bob trocken. »Ich wüsste nicht, dass die sonderlich gut mit moderner Technik umgehen können.« Er deutete auf die Leinwand. Der Gaukler hatte den Beamer zwar ausgeschaltet – trotzdem war klar, was der dritte Detektiv meinte.

Leider behielt Mr Littlehorn recht. Sie fanden weder irgendwelche Hinterlassenschaften noch sonstige Hinweise. Littlehorn erklärte, dass er der »Showeinlage« der drei ??? zugesehen hatte und danach noch bei der Clownin gewesen war. Bei seiner Rückkehr hatte er dann die Drohbotschaft vorgefunden.

»In Kombination mit dem Bild auf Ihrer Leinwand«, sagte Justus, »bleibt kaum ein Zweifel daran, dass jemand das Feuer in Mr Mitchells Wohnwagen gezielt gelegt hat. Damit hat der Fall eine ganz neue Brisanz bekommen.« Der Erste Detektiv stutzte in Gedanken, als er das Wort *Brandstiftung* erneut aussprechen wollte. Etwas ganz anderes fiel ihm ein, eine weitere Erklärungsmöglichkeit. Im ersten Moment kam es ihm verrückt vor – aber er musste es durchdenken und dazu vorsichtig einige Informationen sammeln. Was, wenn es sich um einen Versicherungsbetrug handelte? Wenn der Zirkuschef ein weiteres Schauspiel inszeniert hatte, um davon abzulenken, dass er selbst seinen Wohnwagen angezündet hatte, um eine vielleicht hohe Versicherungssumme zu kassieren?

»Was ist?«, fragte Littlehorn.

»W-wieso?«, stotterte der Erste Detektiv.

»Du siehst aus, als hättest du noch etwas hinzufügen wollen.«

»Es ist nichts«, sagte Justus.

Seine Freunde bemerkten, dass ihm etwas durch den Kopf ging. Sie kannten ihn gut genug, um zu wissen, dass er nachdenken musste. Um ihm das zu ermöglichen, übernahmen sie das Reden.

»Wir müssen alles über die Auftritte dieser uralten Schwestern wissen!«, sagte Bob. »Haben sie denn jemals vorher schon so … handfest eingegriffen? Schäden hinterlassen? Oder solche Drohungen ausgesprochen oder hinterlassen wie bei Ihnen?«

»Gab es irgendwelche Forderungen?«, ergänzte Peter.

»Nicht, dass ich wüsste, aber da fragt ihr auch den Falschen«, sagte Littlehorn. »Vielleicht weiß Kelvin mehr darüber, ihn hat es ja in letzter Zeit vor allem getroffen. Er hat erst vor Kurzem eine Botschaft erhalten, soviel ich weiß. Klar kennt jeder hier die Legende von den spukenden Schwestern, aber das war es auch schon. Die Alten sind früher häufig aufgetaucht, aber keiner weiß so richtig, wann eigentlich zuletzt … Und jetzt geht es plötzlich von Neuem los.«

»*Sind* sie denn damals tatsächlich aufgetaucht?«, fragte Bob. »Oder gab es nur Gerüchte, dass irgendwer sie irgendwo gesehen hat?«

Littlehorn hob die Schultern. »Was weiß ich?«

»Haben Sie selbst schon einmal eine dieser Gestalten gesehen?«

»Nein. Und der Gedanke, dass sie sich in meinem Zelt so zu schaffen gemacht haben, gefällt mir gar nicht! Ich frage mich, ob wir als ›Finsterer Stern‹ wirklich zu weit gehen.«

Justus nickte. »Könnte wohl sein. Das macht die ganze Sache noch interessanter. Ich bin zugegebenermaßen fasziniert.«

»Ach ja?«, meinte Peter. »Ich könnte auf brennende Wohnwagen und Drohungen von Spukgestalten durchaus verzichten.«

»›Wir übernehmen jeden Fall‹«, stellte der Erste Detektiv klar. »Muss ich dich wirklich daran erinnern, Zweiter?« Justus zog eine ihrer Visitenkarten aus seiner Hosentasche und hielt sie Peter vor die Nase.

Dann reichte er sie Mr Littlehorn. »Die hatten wir Ihnen im Voraus gar nicht überreicht, Sir – als hätten wir geahnt, dass Sie gar kein echter Auftraggeber sind …« Justus zog die Augenbrauen hoch. »Aber was ich eigentlich damit sagen wollte: Nun, da wir hereingelegt worden sind und außerdem ein Teil unserer Detektivausrüstung verbrannt ist … nun nehme ich es persönlich. Wir sind in diese ganze Sache von Ihnen hineingezogen worden, aber inzwischen geht es längst um mehr! Nennen Sie es Detektivehre, wenn Sie wollen, auf jeden Fall werden wir uns von einer Legende nicht abschrecken lassen. Ich glaube nicht daran, dass wir nun vom Pech verfolgt werden. Kollegen, kommt! Es gibt einiges zu tun!«

Justus verabschiedete sich fürs Erste von Mr Littlehorn und der Clownin. Auf dem Weg zurück zum Festplatz erzählte er seinen Freunden von der Idee, dass es sich um einen raffinierten Versicherungsbetrug handeln könnte. »Es ist kein Verdacht«, stellte er klar, »sondern nur eine Möglichkeit, die wir nicht aus den Augen lassen dürfen. Wir brauchen Informationen, um die Lage richtig einschätzen zu können.«

»Ich gehe zurück nach Hause«, schlug Bob vor, »und versuche, doch noch mehr über die Geschichte des ›Finsteren Sterns‹ herauszufinden. Ich will wissen, wann und wie die Geschwister gestorben sind. Vielleicht finde ich ja auch das Todesdatum der beiden angeblich überlebenden Schwestern heraus. Denn dass sie wirklich noch leben, glaube ich keine Sekunde!«

»Wie willst du vorgehen?«, fragte Peter.

»Ich habe da so eine Idee«, sagte Bob vage. »Ihr solltet versuchen, mehr über den Brand und seine Ursache herauszufinden. Und darüber, seit wann die Uralten tatsächlich auftauchen – und seit wann sie in letzter Zeit offenbar wieder zum Leben erwacht sind.«

Die drei ??? verabredeten, sich übers Handy regelmäßig gegenseitig auf dem Laufenden zu halten. Dann machte Bob sich auf den Weg nach Rocky Beach.

Auf der Küstenstraße kam ihm ein mit drei Personen besetzter Polizeiwagen entgegen – er glaubte, als Fahrer Inspektor Cotta zu erkennen. Wahrscheinlich sollte der sich ein Bild von den möglichen Ursachen des Brandes machen. Da würde es für Justus und Peter nicht einfach werden, ebenfalls Informationen zu sammeln.

Bobs Plan war, zu versuchen, direkt mit dem ›privaten Zirkushistoriker‹ Kontakt aufzunehmen. Vielleicht kannte er weitere Informationsquellen. Das würde Bob eine Menge Sucherei ersparen.

Zu Hause angekommen, war er froh, dass seine Eltern unterwegs waren und ihn nicht lange in irgendwelche unnötigen Gespräche verwickelten. Durch den Brand hatte sich alles so zugespitzt, dass Bob keine weitere Sekunde verlieren wollte.

Unheil allerorten

Justus und Peter beobachteten, wie die Feuerwehrleute die Löscharbeiten beendeten und ein Polizeiwagen zur Felsenebene kam. Inspektor Cotta stieg aus, ihm folgten zwei Beamte der Spurensicherung.

Der Inspektor führte ein Gespräch mit den Feuerwehrleuten. Bald gesellte sich Kelvin Mitchell dazu. Gemeinsam gingen sie ins Innere des triefnassen Wohnwagens, der kaum mehr als ein rußgeschwärzter, trauriger Überrest war. Aber immerhin noch so stabil, dass die Feuerwehr das Betreten erlaubte. Offenbar bestand keine Gefahr, dass alles zusammenbrach.

Die beiden Detektive entschieden sich für den direkten Weg. Immerhin kannten sie Mr Mitchell – und Inspektor Cotta sowieso. Sie gingen zum Wohnwagen. Einer der Feuerwehrleute stellte sich ihnen in den Weg. »Bitte geht zurück.«

»Wir möchten mit Mr Mitchell sprechen, dem Besitzer des Wohnwagens«, sagte Justus.

»Wartet hier.«

»Es ist dringend«, sagte Peter. »Außerdem waren wir kurz vor dem Ausbruch des Brands noch im Wagen. Wir haben unseren Rucksack dort gelassen.«

»Es tut mir leid, das sagen zu müssen, aber aus dem Wohnwagen werdet ihr kaum noch etwas heil herausholen können. Das Feuer hat dort drin alles zerstört.«

»Vor allem für Mr Mitchell sehr bedauerlich.« Justus ergänzte ganz unschuldig: »Hoffentlich war er gut versichert.«

»Ja, das ist für ihn zu hoffen«, erklärte der Feuerwehrmann. »Die meisten Leute sind allerdings überrascht, wenn sie nach einem Brand bemerken, dass ihre Versicherungen viel zu gering ausfallen.«

»Ach, ist das so?«, fragte Peter. »Können wir nun zu Mr Mitchell gehen?«

Der Mann seufzte. »Wartet hier. Ich erkundige mich.«

Die beiden Jungen schauten ihm nach.

»Hoffentlich ist der Inspektor gut gelaunt«, sagte Justus.

»Darauf würde ich mich nicht verlassen.«

Tatsächlich kam kurz darauf nicht nur Mitchell, sondern auch Cotta auf die beiden zu. »Wieso überrascht es mich nicht, dass ihr hier seid?«, fragte der Inspektor.

»Vielleicht weil Sie uns schon gestern hier getroffen haben?«, schlug Justus vor. »Wir ermitteln inzwischen im Auftrag von Mr Mitchell und …«

»Jaja, Justus«, fiel Cotta ihm ins Wort. »Aber haltet euch zurück. Die Sache ist nicht ungefährlich.«

»Jemand hat das Feuer also gelegt?«, fragte Justus. »Es war kein Unfall?«

»Darüber kann ich euch nichts sagen«, stellte der Inspektor fest.

»Brandstiftung!«, rief Mitchell. »Natürlich war es das! Hören Sie, Inspektor: Ich werde angefeindet und es gab eine Warnung, direkt vor dem Brand.«

»Und das erfahre ich erst jetzt?«, grummelte Cotta.

»Es handelt sich um eine Kirschkernbotschaft und einen Film«, erklärte Justus seelenruhig.

»Eine – was?«

»Wir können es Ihnen gerne erklären.«
»Ich mache mir selbst ein Bild davon«, stellte der Polizist klar. »Mr Mitchell, wo …?«
»Ich bringe Sie hin, Sir«, sagte der Chef der Gaukler.
»Haben Sie etwas dagegen, wenn wir uns derweil in Ihrem Wohnwagen umsehen?«, fragte Justus.
Mitchell deutete durch die Überreste der verbrannten Tür ins Innere. »Die Feuerwehr hat ihn freigegeben, es besteht keine Gefahr mehr. Geht nur rein. Aber ihr werdet nichts finden. Da drin ist alles kaputt. Was heißt, dass ich fast meinen ganzen Besitz verloren habe. Ich darf gar nicht darüber nachdenken.«
»Die Versicherung …«, setzte Peter an.
»Ich bin ein Gaukler! Ich fahre durchs Land. Was glaubst du, wie gut ich versichert bin?« Mitchell winkte ab. »Vergiss es. Ich … Es muss irgendwie weitergehen. Kommen Sie, Inspektor, ich bringe Sie zu meinem Kollegen.«
Die Freunde sahen ihm nach. Wenn Mr Mitchell soeben keine gute Show abgezogen hatte – worin er allerdings Profi war –, hatte sich Justus' Überlegung erledigt.
Leider erwies sich die Untersuchung dieses Tatorts als ebenso frustrierend wie kurz zuvor diejenige bei Mr Littlehorn. Das Feuer und die anschließenden Löscharbeiten hatten jede Spur, die es gegeben haben mochte, zunichtegemacht. Justus und Peter waren bald triefnass durch das von der Wohnwagendecke tropfende Wasser. Justus rutschte in einer Pfütze auf dem unter seinen Füßen quatschenden Teppich aus und landete auf dem Hintern. Gleichzeitig klingelte Peters Handy.

»Geh schon dran«, meinte der Erste Detektiv, während er sich wieder aufrappelte. »Ist auch ohne eine kluge Bemerkung von dir peinlich genug«, murmelte er dabei vor sich hin.

»Oh, ja, entschuldige«, sagte Peter derweil, dann, nach einer kurzen Pause: »Nein, ich – weißt du, ich …« Wieder eine Pause. »Ein Fall. Ich …« Und wieder hörte er zu, was sein Gesprächspartner zu sagen hatte. Dabei verzog er das Gesicht, als hätte er in eine Zitrone gebissen.

Justus fragte sich, wer seinen Freund angerufen haben könnte. Bob war es offensichtlich nicht.

Jemand streckte den Kopf durch die Überreste der Tür. Es war Mabel, die Tochter der Wahrsagerin, und sie machte – fasziniert von dem ausgebrannten Wohnwagen – große Augen.

»Sei ja vorsichtig!«, sagte jemand hinter dem Mädchen. »Ich hab deiner Mutter gesagt, dass ich auf dich aufpasse!«

»Ich bin doch kein Baby mehr, Zoey!« Mabel kam ins Innere, gefolgt von der jungen Frau mit dem Bauchladen, die Peter zum Dank für seinen Einsatz beim Taschendieb mit Süßigkeiten beschenkt hatte und die offenbar Zoey hieß.

Peter telefonierte immer noch und ging jetzt nach draußen. Dabei hielt er den Kopf gesenkt.

Zoey nahm das Mädchen am Arm. »So, jetzt komm wieder raus, Mabel, du hast genug gesehen.«

»Ich bin doch gerade erst reingekommen!« Mabel verdrehte die Augen und schüttelte die Hand ab. Sie ging ein paar Schritte zu Justus, legte den Kopf in den Nacken und schaute zu ihm hoch. »Habt ihr hier irgendwas gefunden? Ach, bestimmt nicht. Geister hinterlassen keine Spuren.«

»Wieso Geister?«, fragte Justus.
»Das waren bestimmt wieder die uralten Schwestern!« Mabel atmete tief ein. »Wie aufregend! Äh … und … ich meine … natürlich schrecklich für Kelvin.«
Justus ging in die Hocke, sodass er mit Mabel auf gleicher Höhe war. »Was weißt du über die Schwestern? Hast du die alte Frau gestern gesehen? Ist da zum ersten Mal eine von ihnen aufgetaucht?«
»Ja, ich hab sie gesehen! Endlich! Zum ersten Mal!«
»Weißt du von jemandem, der sie vorher schon mal gesehen hat?«
Mabel schüttelte den Kopf. »Meine Mama nicht.« Sie drehte sich um. »Du, Zoey?«
»Ich? Bestimmt nicht! Ich will damit nichts zu tun haben!«
»Wieso haben Sie Angst vor der Legende?«
»Weil jeder, der davon redet, vom Unheil verfolgt wird! Das wissen alle hier beim ›Finsteren Stern‹.« Zoey griff nach Mabel. »Komm, wir gehen.« Sie zog das Mädchen nach draußen.
Peter kam wieder rein und sah ziemlich niedergeschlagen aus. »Das war Kelly.« Er seufzte.
»Und sie war sauer, weil …?«
»Weil sie meine Freundin ist, wie sie ein paarmal betont hat, ehe sie mir eine Standpauke hielt. Warum ich denn zum Zirkus gehen und meinen Spaß haben und nicht mal dran denken würde, sie mitzunehmen!«
»Weil du nicht zum Spaß hier bist.«
»Das hab ich ihr ja auch gesagt, aber sie war gar nicht zu bremsen. Hat dann einfach aufgelegt.«

Justus wusste nicht recht, was er sagen sollte.

»Just?«

»Hm?«

»Langsam glaube ich doch, dass es Unglück bringt, sich um diese Legende zu kümmern. Von Mr Mitchell jetzt mal ganz zu schweigen … Nimm uns. Erst Bobs Rucksack, dann trifft es mich mit Kellys Anruf.«

»Ach, Unsinn!«, sagte Justus. »Außerdem: Mir geht es gut. Und komm mir bloß nicht damit, dass ich vorhin ausgerutscht bin. Ganz logische Konsequenz, wie auch Kellys Anruf! Aber jetzt waren wir lange genug hier drin. Die Luft ist nicht die beste.« Er ging zum Ausgang und stolperte draußen sofort beim ersten Schritt. Diesmal landete er so unglücklich, dass sofort ein scharfer Schmerz durch sein rechtes Handgelenk schoss. Justus quälte sich auf die Füße.

Peter wurde blass im Gesicht. »Unheil«, flüsterte er. »Jetzt hat es uns alle erwischt …«

Der finstere Stern geht unter

Bob schaltete den Computer an und schaute zunächst in sein E-Mail-Konto – es konnte ja sein, dass sich der »private Zirkushistoriker« auf seine Anfrage hin schon gemeldet hatte. Tatsächlich hatte er acht neue E-Mails bekommen. Davon konnte er sieben sofort wegklicken, weil sie sich als Spam-Mails erwiesen. Die achte trug die seltsame Betreffzeile

VIELE Y, NICHT WAHR, BOB?

und nannte als Absender einen gewissen K. HOBBS, ebenfalls in Großbuchstaben.
Weil immerhin Bobs Vorname in der Betreffzeile genannt wurde, öffnete er die Mail, rechnete aber mit einer weiteren Werbung.
Weit gefehlt!

Lieber Bob,
danke, dass du mich angeschrieben hast. Ich freue mich immer, wenn sich jemand für die Geschichte unserer großartigen amerikanischen Zirkus-Tradition interessiert. Du hast dir mit dem ehemals hellen, nun finsteren Stern allerdings einen ganz heiklen Fall ausgesucht. Das ist nicht einfach, darüber weiß kaum jemand was. Gut, dass du gleich auf mich gestoßen bist. Na ja, Kunststück, ich habe vermutlich die einzige Internetseite, auf der überhaupt was zu finden ist. Hat mich viel Mühe gekostet, aber ich habe einiges zusammengetragen.

Du willst also mehr über Brody, Clay, Kaylee, Marley und Dayna Franklyn wissen. (Deshalb auch meine Überschrift – schon gemerkt? In allen Namen gibt es ein ›y‹. Darum glaube ich auch nicht, dass die fünf wirklich so hießen. Künstlernamen, das ist es, was ich glaube! Gibt's häufig bei Gauklern, die haben oft eine Vergangenheit, die sie vergessen wollen …)
Ruf mich an, wenn du irgendwelche Informationen hast. Würde mich interessieren, wie du überhaupt auf das Thema gestoßen bist.
Grüße aus der Welt der Manegen und Jahrmärkte,
dein
KENNETH HOBBS

Als PS folgte eine Handynummer, die Bob sofort wählte.
Es läutete durch.
Drei Mal, vier Mal, fünf Mal, sechs Mal.
Bob wollte schon aufgeben, als es klackte. »Hobbs hier.«
»Ja, hallo, Mr Hobbs, hier ist Bob Andrews. Ich hatte Ihnen gemailt und Sie waren so freund…«
Er brach ab, als die Stimme am anderen Ende der Leitung stur weiterredete. »Bin grad nicht da. Hinterlassen Sie eine Nachricht, ich rufe zurück.«
Der Anrufbeantworter! Bob kam sich ziemlich dämlich vor. Er wartete auf das Piepsen, doch es blieb still. Wahrscheinlich hatte er es überhört. »Hier ist Bob Andrews«, setzte er neu an. »Sie haben mir Ihre Nummer geschickt, weil ich Ihnen geschrieben hatte. Ich wäre sehr dankbar, wenn Sie mich zurückrufen könnten.«
»Aber warum denn?«

Er zuckte zusammen, als er die Stimme hörte. »Ich ... äh, ich dachte, der Anrufbeantworter wäre ...«
»War nur ein Witz«, sagte Mr Hobbs und lachte dröhnend. »Tut mir leid, vergiss es«, fuhr er dann fort. »Also, Bob, wieso interessierst du dich für die Franklyns?«
»›Der finstere Stern‹ gastiert gerade hier bei uns in Rocky Beach. Ich war dort und habe bei dem Besuch von der Legende dieses Zirkus gehört. So etwas interessiert mich.«
»Ach ja?«
Bob glaubte zu wissen, wie er das Interesse des anderen wecken konnte. »Man könnte sagen, ich bin ein privater Legendenhistoriker. So wie Sie ein Zirkushistoriker sind. Ich habe schon so einiges gesammelt und erlebt.«
»Klingt interessant. Von dieser Legende weiß ich nichts. Erzähl mir mehr darüber.«
»Sie nennt sich die Legende der zwei Lebenden und der drei Toten. Sie bezieht sich auf die fünf Geschwister.«
»Passt!«, sagte Mr Hobbs. »Drei von ihnen sind früh gestorben, die beiden Überlenden haben den Zirkus daraufhin verkauft.«
»Sie kennen sich gut aus.«
»Nach deiner Mail hab ich extra noch mal in mein Archiv geschaut. Aber weiter – was hat es mit der Legende auf sich?«
»Sie besagt, dass die beiden Schwestern Marley und Dayna immer noch leben und den ›Finsteren Stern‹ heimsuchen. Dass sie sozusagen eifersüchtig über den Zirkus wachen.«
»Toll!«, rief Mr Hobbs und klang ehrlich begeistert. »Das ist es, was ich an der Zirkuswelt so liebe! Schillernde Geschichten!«

»Aber von der Legende haben Sie noch nie gehört?«, vergewisserte sich Bob.

»Leider nicht. Aber ich erzähl dir, was ich über die Geschichte des Zirkus weiß. Die Geschwister haben den Zirkus vor über hundert Jahren gegründet. Sie waren sehr stolz auf ihr Werk, auf ihren Zirkus! Immerhin kamen sie aus ärmlichen Verhältnissen, weißt du? Die Familie stammte ursprünglich aus England, wo sie reich war, aber in Verruf kam und alles verloren hat. Deshalb sind die Franklyns eine Generation vor den fünf Geschwistern nach Amerika ausgewandert. Ihr Familiensymbol, das sie dem Zirkus gaben, war ein leuchtend heller Stern – der hat sie schon über das Meer geführt in den sicheren Hafen ihrer neuen Heimat. So erzählten sie es zumindest.« Hobbs lachte. »Wie bekannt starben drei Geschwister nach einigen gemeinsamen Betriebsjahren innerhalb einer relativ kurzen Zeitspanne – Brody bei einem Unfall, Clay und Kaylee an einer Krankheit. Welche genau, lässt sich nicht feststellen, wahrscheinlich an einer sehr heftigen Grippe. Damals war die Medizin noch nicht so weit wie heute, weißt du?«

»Und bei jedem Todesfall färbten die übrigen Geschwister den Stern ein wenig dunkler«, sagte Bob.

»Du kennst dich aus«, sagte Mr Hobbs anerkennend. »Nachdem die beiden überlebenden Schwestern daraufhin den Zirkus verkauft hatten, verlor sich ihre Spur.«

»Sie tauchten erst wieder auf, als sie eigentlich schon hätten tot sein müssen, und so nahm die Legende, von der ich erzählt habe, wahrscheinlich ihren Anfang«, meinte der dritte Detektiv. »Die Schwestern wachen eifersüchtig über die weitere Entwicklung des ›Finsteren Sterns‹. Das passt dazu, dass Sie sagten, sie seien so stolz auf ihr Werk gewesen.«

»Legende hin oder her, ich kann dir versichern, dass Marley und Dayna ebenfalls tot sind. Sie wären sonst fast 140 Jahre alt. Und beim Zirkus gibt es vielleicht die verrücktesten Sachen – aber *das* nicht!«

Bob lachte. »Das glaube ich Ihnen sofort. Wissen Sie, wann die beiden gestorben sind?«

»Das nicht – aber ich kenne jemanden, der es wissen könnte. Ein Ahnenforscher von der Uni in New York. Hat mich neulich auch angemailt. Schreibt dort wohl seine Doktorarbeit über … keine Ahnung, worüber. Habe ich nicht genau verstanden. Er verfolgt dafür jedenfalls auch die Spuren dieser Familie Franklyn, die vor fast 200 Jahren von England nach Amerika auswanderte. Das waren drei Brüder. Einer von ihnen ist der Vater der fünf Zirkusgründer.«

Bob war Feuer und Flamme. »Können Sie mir den Kontakt vermitteln?«

»Ich will seine Daten nicht einfach rausgeben. Aber ich kann ihm schreiben, dass er sich bei dir melden soll.«

»Haben Sie seine Telefonnummer?«

»Ich sagte doch, dass …«

»Ich will sie gar nicht erfahren – aber wenn sie ihn anrufen könnten, statt ihm zu schreiben, das wäre großartig.«

»Du hast es eilig, was?«

»Stimmt.«

»Na gut, ich rufe an und gebe ihm deine Nummer. Er wird sich sicher bei dir melden.«

Justus hatte sich aufgerappelt. »Egal, was du denkst, Kollege, das ist ganz bestimmt kein Fluch, der uns nun verfolgt!« Er presste sein schmerzendes Handgelenk an die Brust und umklammerte es mit der Linken.

»Sondern?«, fragte Peter.

»Der Boden ist auch hier draußen durch das Löschwasser eine einzige Rutschbahn und ich war in Gedanken!« Der Erste Detektiv sah an sich hinab. Seine Kleidung hatte einige Flecken abbekommen. »Wir dürfen jetzt nicht in die gleiche Falle tappen wie die Gaukler und Zufälle so interpretieren, als wären sie ein Fluch! Wir müssen einen klaren Kopf bewahren, sonst lösen wir dieses Rätsel nie.«

»Zeig mir mal deine Hand.«

Justus hielt sie ihm hin. Peter drückte vorsichtig darauf herum und ließ seinen Freund Hand und Finger bewegen. Der Erste Detektiv verzog zwar ein wenig das Gesicht, aber alles war beweglich geblieben. »Wir müssen überlegen, wo unser Gegner nun zuschlagen wird! Er nutzt die alte Legende aus und inszeniert unheimliche Geschehnisse. Was könnte sein nächstes Ziel sein? Wir müssen ihm zuvorkommen.«

»Es geht vor allem gegen Kelvin Mitchell«, sagte Peter. »Aber mir fällt wenig ein, was noch radikaler wäre, als seinen Wohnwagen anzuzünden. Außer, ihn direkt anzugreifen und zusammenzuschlagen oder … oder noch Schlimmeres.«

»Was will diese Spukgestalt?«, fragte Justus. »Warum ist Mr Mitchell ihr Gegner?«

»Weil er den ›Finsteren Stern‹ nicht so führt, wie es richtig wäre – der Vorstellung unseres Gegners nach.« Peter überlegte. »Vielleicht gefallen ihm diese Täuschungen nicht, die

Show. Dann geht es eigentlich nicht nur gegen Mitchell, sondern gegen den ganzen Zirkus.«

»Aber wieso? Welchen Schaden richten die Gaukler damit an?« Der Erste Detektiv massierte sein Handgelenk. »Die Botschaft im Sonnensturz hieß: *Der finstere Stern geht unter.* Als die Alte aufgetaucht ist, sprach sie von einem Sakrileg, also gewissermaßen der Entweihung von etwas Heiligem. Vom Erbe des Zirkus, der einst hell und strahlend war.«

»Aber das ist doch Quatsch! Es ist eben ein Showunternehmen, das auf seine Weise in der heutigen Zeit Aufmerksamkeit wecken will.«

»Auf seine Weise, ja!« Justus fühlte, dass er nahe dran war, etwas Wichtiges zu begreifen, aber noch verstand er nicht. »Doch diese Weise gefällt unserem Gegner nicht. Wieso? Welchen Schaden hat er, wenn Mitchell …« Er stockte.

»Just?«

»*Wenn Mitchell!* Das ist es! Ich glaube, es geht gar nicht um die Art und Weise, wie Mitchell handelt, sondern nur darum, dass er überhaupt irgendetwas tut!«

»Aber das muss er doch.«

Justus winkte ab. »Tatsächlich? Muss er das? Vielleicht soll er ja einfach nur aufgeben – weil er Mitchell ist!«

»Ich habe keine Ahnung, worauf du hinauswillst!«

»Begreifst du denn nicht, Peter? Er ist kein Franklyn! Das hat er doch selbst gesagt, als er uns erzählte, dass er diese Botschaft vor seinem Wohnwagen gefunden hat: Er sei schlecht für den Zirkus, weil er kein Nachfahre der Gründer ist! Er hat es rein persönlich genommen … und in gewissem Sinn stimmt das sogar! Dieser ganze Hokuspokus mit der

Legende soll ihn zum Aufgeben bringen, weil er abergläubisch ist! Deshalb werden die Schwestern plötzlich so gehäuft so aktiv. Jemand nutzt diese Legende aus, das ist alles!«

»Aber wer?«

»Wir brauchen Bobs Hilfe! Er muss herausfinden, ob es Nachfahren der Franklyns gibt, die tatsächlich noch leben! Derweil müssen wir die nächste Aktion unseres Gegners vereiteln, ehe noch jemand zu Schaden kommt …«

Familientradition

Bob saß wie auf glühenden Kohlen und hoffte, dass der unbekannte Forscher, den Mr Hobbs ihm vermitteln wollte, bald anrief. Unruhig ging er in die Küche, um sich etwas zu trinken zu holen. Gerade als er sich ein Glas Wasser einschenkte, klingelte das Handy.

»Ja? Bob Andrews hier.«

»Bob, du musst herausfinden, ob …«

»Ach, du bist's, Just.«

»Du musst herausfinden, ob es noch lebende Nachfahren der Gründer gibt«, fuhr der Erste Detektiv ungerührt fort.

»Glaub es oder nicht, genau da bin ich dran. Was habt ihr erlebt?« Er berichtete von seinem Gespräch mit Mr Hobbs und bekam von Justus eine Zusammenfassung der Ereignisse auf dem Festplatz.

Kaum hatte er wieder aufgelegt, klingelte das Handy erneut. Bestimmt hatte Justus etwas vergessen.

»Ja?«, fragte der dritte Detektiv.

»Bob Andrews?« Die Stimme war männlich, klang jung und so getragen und langweilig wie die eines staubtrockenen Gelehrten. »Mein Name ist Anthony Benchfield. Mr Hobbs hat mir Ihre Nummer gegeben und mir dringend nahegelegt, mich rasch mit Ihnen in Verbindung zu setzen. Leider bleibt mir nicht viel Zeit, da einige Imponderabilien und Präliminarien meinen Tagesablauf einschränken, aber ich komme hiermit seinem Wunsch nach, da er mir vor einiger Zeit geholfen hat.«

Bob war etwas überrumpelt von der seltsamen Sprache des Ahnenforschers, fing sich aber schnell. »Ja, vielen Dank, dass Sie mich so prompt kontaktieren.« Er erklärte, warum er sich an den Zirkushistoriker gewandt hatte. »Ich möchte etwas über die Franklyn-Geschwister, die Gründer des Zirkusunternehmens ›Der helle Stern‹ herausfinden – vor allem, ob es noch lebende Nachkommen gibt. Können Sie mir dazu etwas sagen, Dr. Benchfield?«

»Da haben Sie sich in der Tat an den Richtigen gewandt. Allerdings genügt Mister. Ich habe meine Doktorarbeit fertiggestellt, aber noch nicht veröffentlicht. Die Geschichte der Familie Franklyn habe ich bis in die Gegenwart verfolgen können und entdeckt, dass es mindestens noch zwei Überlebende geben müsste. Entschuldigen Sie die Ungenauigkeit dieser Aussage – ich muss den Konjunktiv verwenden und kann nur behaupten, dass es sie geben *müsste*. Sicher bin ich mir nicht. Ich habe jedoch keinerlei Todesnachricht für diese beiden Personen aufgetan.«

»Sie wissen also um zwei Nachfahren, die geboren worden sind, aber über deren Tod nichts bekannt ist? Damit meinen Sie hoffentlich nicht die beiden Geschwister aus der Legende der …«

Ein trockenes, völlig humorloses Lachen unterbrach ihn. »Gelungener Scherz! Die Legende der zwei Lebenden und der drei Toten! Ein Musterstück der Zirkusfolklore.« Anthony Benchfield räusperte sich. »Für die Geschwister Marley und Dayna Franklyn konnte ich die genauen Todesdaten bestimmen, aber selbst wenn mir das nicht gelungen wäre, bestünde natürlich kein Zweifel, dass sie nicht mehr leben.

In der Tat geht es um die Enkelin der jüngeren Schwester Dayna – eine Frau namens Emily, mit Ypsilon, geborene Lindwal, spätere Greenwald. Falls sie noch lebt, ist sie heute 74 Jahre alt. Emilys Kinder sind verstorben, aber es gibt wiederum eine Enkelin, über die ich außer ihrem Geburtsdatum nichts weiter in Erfahrung bringen konnte, eine gewisse Loreen Greenwald.«

»Loreen?«, fragte Bob, während er sich hastig Notizen auf den Einkaufsblock seiner Mutter kritzelte, der zum Glück auf der Arbeitsfläche der Küche lag. »Ganz ohne das familientypische Ypsilon?«

»Korrekt! Es hat den Anschein, als hätten spätestens Emilys Kinder mit dieser Familientradition gebrochen. Durchaus nachvollziehbar, da sie bereits in dritter Generation nicht mehr mit dem Zirkus in einer wie auch immer gearteten Verbindung standen.«

»Über diese beiden Frauen, Emily und Loreen, wissen Sie weiter nichts?«, fragte Bob.

»Es ist mir bei all meinen Recherchen nicht gelungen, sie ausfindig zu machen«, sagte Benchfield und er klang in höchstem Maß frustriert. »Für Loreen gilt allerdings, dass sie im Fall einer Heirat – die durchaus im Bereich des Möglichen liegt – inzwischen einen anderen Namen tragen könnte. Sie ist aktuell … Moment …« Bob hörte im Hintergrund leise Tippgeräusche. »Sie ist 24 Jahre alt. Selbstverständlich habe ich auch beim ›Finsteren Stern‹ eine Nachfrage gestellt, aber dort gibt es keinerlei Verbindung mehr zu den Franklyns. Wenn man von einem überraschenden Festhalten am alten Aberglauben der Legende absieht.«

»Ich werde versuchen, sie ausfindig zu machen.«

»Möge Fortuna Ihnen hold sein, Kollege«, sagte der Gelehrte. Das sollte wohl so viel wie »Viel Glück« bedeuten. »Wenngleich ich nicht in Betracht ziehe, dass Sie Erfolg haben könnten. Ich habe bereits alle erdenklichen Quellen genutzt. Sollte es Ihnen dennoch gelingen – es mag ja mehr Dinge zwischen Himmel und Erde geben, als unsere Schulweisheit sich träumen lässt –, wäre ich über eine Nachricht Ihrerseits sehr erfreut.«

»Selbstverständlich würde ich mich bei Ihnen melden«, versprach Bob. »Danke für Ihre Auskünfte.« Er legte auf und schaute auf seine Notizen.

Emily und Loreen.

Steckten sie tatsächlich hinter den aktuellen Ereignissen, wie Justus vermutete?

Bob schaute in die Anrufliste seines Handys und rief noch einmal bei Anthony Benchfield an. »Entschuldigen Sie die erneute Störung, Sir – aber gibt es unter Umständen irgendwelche Fotos von Emily Greenwald?«

»Ich bin einmal auf ein Bild gestoßen, auf dem sie etwa zwei Jahre alt ist. Leider konnte ich mir davon keine Kopie anfertigen.«

Zwei Jahre alt – das hätte sowieso nicht geholfen. »Ich hatte auf ein Foto von ihr als ältere Frau gehofft.«

»Damit kann ich nicht dienen. Und nun muss ich mich verabschieden. Ich muss mich um einige akut aufgetretene Schwierigkeiten bezüglich der Veröffentlichung meiner Doktorarbeit kümmern.«

Bob ging nach oben in sein Zimmer und druckte das Foto

der alten Frau, das er auf dem Zirkusplatz gemacht hatte, erneut aus. Der erste Ausdruck war mit seinem Rucksack in Mitchells Wohnwagen verbrannt. Er fragte sich, ob die alte Frau darauf zwar nicht Dayna, aber deren Enkelin Emily sein könnte …

Inzwischen war es später Nachmittag und die Sonne näherte sich dem Horizont. Es versprach, einen schönen Sonnenuntergang über dem Meer zu geben.

»Ich glaube nicht«, sagte Peter, »dass unser Gegner erneut Mr Mitchell schaden wird. Die Sache mit dem Wohnwagen war wohl deutlich genug. Vielleicht herrscht jetzt erst mal einige Zeit Ruhe.«

Justus sah nachdenklich aus. »Ich glaube sehr wohl, dass unser Gegner weitere Aktionen plant. Nur, wer könnte das Opfer sein? Natürlich könnte es alle Gaukler treffen, aber …«

»Elliot Littlehorn«, fiel Peter ihm ins Wort. »Unser Gegner hat etwas gegen die Methoden des ›Finsteren Sterns‹, gegen diese ganzen Täuschungen, die Show. Darin ist Mr Littlehorn ganz groß – nicht nur mit seinem Sonnensturz, sondern auch wegen der Art, wie er uns für seine Werbezwecke eingespannt hat.«

»Sehr gut, Kollege! Unser Auftraggeber wäre ein logisches Ziel – doch es hat ihn ja bereits erwischt. Darum glaube ich nicht daran. Aber bei ›Show‹ fällt mir noch jemand ein.«

»Und das wäre?« Der Zweite Detektiv schnippte mit Daumen und Mittelfinger der rechten Hand. »Klar! Dustin Cooper!«

Justus grinste zufrieden. »Du siehst es also genau wie ich.

Der angebliche Dieb, der sich auf … nun, nennen wir es originelle Art und Weise beim ›Finsteren Stern‹ beworben hat. Obwohl …«

Als der Erste Detektiv nicht mehr weitersprach, fragte Peter: »Obwohl – was?«

»Obwohl fraglich ist, ob sich die Sache mit Mr Cooper überhaupt schon herumgesprochen hat. Ob unser Gegner überhaupt davon weiß, und wenn ja, wie …«

»Egal«, sagte Peter. »Ich verstehe ja deine Zweifel an deiner eigenen Idee, aber wir sollten dranbleiben und Mr Cooper warnen. Sicherheitshalber!«

Also entschieden die beiden Freunde, mit Mr Cooper Kontakt aufzunehmen und ihn zu beobachten. Falls ihr unbekannter Gegner etwas gegen ihn unternahm, konnten sie ihn dabei vielleicht stellen.

»Die Frage ist nur«, meinte Peter, »wie wir Mr Cooper erreichen sollen.«

»Ganz einfach. Als wir ihn enttarnt haben, hat er Mr Mitchell eine Visitenkarte gegeben – er hat sich ja beworben, da muss er schließlich erreichbar bleiben.«

Sie machten sich also auf den Weg zum Chef der Gaukler, den sie bei den Überresten seines Wohnwagens fanden. Er stand gerade vor einer Truhe voller triefnasser Kleider, die zwar das Feuer überstanden hatten, aber von Rauch und Löschwasser sehr in Mitleidenschaft gezogen worden waren. Er sah aus wie ein Häufchen Elend. Als er die Jungen entdeckte, zeigte er ein zaghaftes Lächeln.

»Entschuldigen Sie die Störung, Sir«, sagte Justus.

»Was wollt ihr?«

»Könnten Sie uns bitte Mr Coopers Telefonnummer geben?«
Mitchell zögerte. »Wieso sollte ich? Schon mal was von Privatsphäre gehört?«
»Wir glauben, dass er in Gefahr ist«, drängte Peter.
»Trotzdem kann ich nicht einfach seine Nummer verteilen.«
»Und wenn Sie bei ihm anrufen? Bitte sagen Sie ihm, dass wir ihn sprechen wollen. Wenn er einverstanden ist, dass Sie seine Nummer an uns weiterge…«
»Schon gut, schon gut.« Mr Mitchell zückte sein Handy und zog sich ein paar Schritte zurück, um ungestört sprechen zu können. Nach einer Minute kam er zurück und hielt den beiden Jungen die Visitenkarte hin. »Er hat nichts dagegen.«
Der Erste Detektiv bedankte sich, und die beiden Jungen verließen den Wohnwagen. Draußen wählte Justus die Nummer.
Cooper ging sofort mit einem knappen »Hm?« dran.
»Guten Tag, Sir, hier ist Justus Jonas.«
»Das ging ja schnell. Was gibt's, Junge?«
»Es ist möglich, Sir, dass Sie in Gefahr sind.« Justus erklärte kurz die Hintergründe.
»Ich bin mit meiner spontanen Art, die Dinge anders als andere anzugehen, schon immer angeeckt«, sagte Cooper. »Das ist nichts Neues, dass irgendwelche Leute mich anfeinden. Darum wirst du vielleicht verstehen, dass ich das eher locker nehme.«
»Das ehrt Sie, Sir«, meinte der Erste Detektiv. »Aber Sie haben ja noch mitbekommen, dass die Dinge eskaliert sind. Wir glauben, dass der Brand von Mr Mitchells Wohnwagen

nur der Anfang war. Jemand geht systematisch gegen den Zirkus vor, genauer gesagt gegen …«
»Was?« Es klang fassungslos.
»Sie haben richtig gehört. Wer immer dahintersteckt – er meint es sehr ernst. Und es geht demjenigen darum, dass der Zirkus *sauber* bleibt – wenn Sie verstehen, was ich meine. Keine Betrügereien, keine moralisch vielleicht zweifelhaften Aktionen. Keine Tricks … wie etwa vorgetäuschte Diebstähle. Was Sie getan haben, Mr Cooper, mag kein Verbrechen gewesen sein, aber …«
»Ich verstehe, worauf du hinauswillst!«
»Darf ich Sie fragen, wo Sie sind?« Justus bemerkte nebenbei, dass Peters Handy klingelte und sein Freund einige Schritte beiseiteging.
»Ich bin in meinem Jeep«, erklärte Cooper. »Ich nutze ihn, um darin zu übernachten, solange ich keine feste Anstellung habe. Ich weiß, nicht besonders nobel, aber gar nicht so übel. Die Nächte sind warm. Ich stehe am Hafen von Rocky Beach und höre dem Meer zu. Ich wollte morgen mit Kelvin besprechen, wie es weitergeht. Vielleicht sollte ich das vorziehen. Ich komme zu euch.«
»Vielleicht sind Sie im Hafen sicherer«, wandte Justus ein.
»Hör zu, ich mag den ›Finsteren Stern‹, sonst hätte ich mich nicht beworben. Und wenn es darum geht, denjenigen zu finden, der dem Zirkus schaden will, dann will ich dabei sein. Bis gleich!« Mr Cooper legte auf.
Justus schaute noch einen Moment auf das Handy, ehe er es in die Hosentasche steckte. Wenig später beendete auch Peter sein Telefonat und kam zu ihm zurück.

»Okay, Peter«, sagte Justus. »Mr Cooper wird herkommen. Dann können wir ihn im Auge behalten.«
»Ich habe mit Bob gesprochen«, sagte Peter. »Er kennt möglicherweise die Namen von zwei lebenden Nachfahren der Franklyns. Und das hat mich auf eine Idee gebracht.«
»Ich höre.«
Peter deutete in Richtung von Mr Littlehorns Zelt. »Unser Gegner nutzt den Sonnensturz, um Drohbotschaften zu hinterlassen? Was der kann, können die drei ??? schon lange!«

Fallensteller

Bob in seinem Käfer und Dustin Cooper mit seinem Jeep kamen fast gleichzeitig an. Sie parkten auch fast nebeneinander.

Justus und Peter begrüßten die beiden. Mr Cooper bedankte sich beim Ersten Detektiv für die Information und kündigte an, nach Kelvin Mitchell zu suchen, um mit ihm zu sprechen. Als er außer Hörweite war, präsentierte Bob die genauen Ergebnisse seiner Recherche. »Emily könnte die Greisin gewesen sein – aber bei ihrem Alter glaube ich nicht daran, dass sie die Drahtzieherin ist. Da kommt Emilys Enkelin Loreen Greenwald ins Spiel. Natürlich ist es nur eine Theorie, aber es würde zusammenpassen.«

»Sie ist die Urenkelin einer der Gründerinnen«, sagte Peter. »Warum sollte sie nach so vielen Generationen auf einen Rachefeldzug gehen, oder wie immer man das hier nennen soll?«

»Sie ist sogar Daynas *Ur*urenkelin«, stellte Bob klar.

Justus knetete seine Unterlippe. »Was sie antreibt, falls sie tatsächlich dahintersteckt, werden wir sie selbst fragen. Bezüglich der Diebstähle war unsere Annahme, dass einer der Schausteller dahintersteckt. Inzwischen wissen wir, dass es diese Diebstähle nie gegeben hat … aber die Annahme könnten wir auf den tatsächlichen Fall übertragen: Ist eine oder einer der Schausteller für die jüngsten Ereignisse verantwortlich? Und könnte dann Loreen Greenwald eine der Schaustellerinnen sein? Immer angenommen, sie ist tatsächlich unsere Gegnerin. Immerhin hat sie nicht nur hier in Rocky Beach zugeschlagen. Der Name ist mir bislang nicht begegnet.«

»Wir kennen ja nicht alle persönlich«, sagte Bob, »aber ich denke auch nicht, dass sie – wenn sie wirklich mit kriminellen Absichten bei der Truppe ist – unter ihrem echten Namen hier arbeiten würde. Ohnehin hat es ja bei Gauklern Tradition, unter falschem Namen aufzutreten. Denkt nur an Tobin Miller und Muller. Da stimmen die Vornamen ja auch nicht. Trotzdem sollten wir Mr Mitchell nach den Namen aller seiner Mitarbeiter fragen.«

»Was wissen wir über Loreen?«

»Nur ihr Alter. Sie ist 24. Wobei sie auch ein falsches Alter angegeben haben könnte.«

»Aber da könnte sie nur ein paar Jahre schummeln«, meinte Peter. »Wenn sie 14 oder 34 wäre, würde man das mit einiger Wahrscheinlichkeit merken.«

»Also sollten wir alle Gauklerinnen im ungefähr passenden Alter näher in Augenschein nehmen«, schlussfolgerte Justus. »Ohne dabei zu vergessen, dass Loreen auch nicht zur Truppe gehören könnte. Oder es gar nicht Loreen sein muss, die wir suchen. Noch wissen wir einfach zu wenig.«

»Deshalb kommt jetzt meine Idee ins Spiel«, sagte Peter.

»Aha«, machte Bob, der davon noch nichts wusste.

Der Zweite Detektiv nickte. »Wir stellen eine Falle. Dass du den Namen der Enkelin kennst, hat mich auf die Idee gebracht.«

Ehe Bob angekommen war, hatten der Erste und der Zweite Detektiv bereits mit Mr Littlehorn gesprochen und von ihm grünes Licht bekommen. Sie durften sein Sonnensturz-Zelt ganz nach ihren Vorstellungen benutzen, um Peters Falle aufzustellen. »Wenn sich der Schurke darin fängt«, hatte ihr Auftraggeber gesagt, »soll mir alles recht sein.«

Die drei ??? trennten sich erneut. Während sich Peter und Justus um den Aufbau der Falle kümmerten, ging Bob zu Kelvin Mitchell. Von ihm wollte er erfahren, ob er jemals den Namen Loreen Greenwald gehört hatte – und wie viele Schaustellerinnen es im passenden Alter gab. Welche waren schon lange dabei, wen kannte Mitchell vielleicht erst seit Kurzem?

Peter und Justus arbeiteten in aller Eile, aber sie brauchten trotzdem einige Zeit. Es war inzwischen dunkel geworden, doch die kleinen Sternleuchten im Zelt reichten aus.

Während der Zweite Detektiv die Kirschkerne der ersten Botschaft sammelte, die ihr Gegner – oder ihre Gegnerin – gelegt hatte, stand Justus vor dem Zelt Schmiere. Niemand sollte etwas von den Vorbereitungen mitbekommen.

Die kleine Mabel stromerte auf das Zelt zu. »Was machst du hier?«

»Gegenfrage«, konterte Justus. »Was machst *du* denn noch hier? Es ist dunkel und spät. Müsstest du nicht längst schlafen?«

Mabel grinste. »Ach, Mama sitzt mit den anderen zusammen. Sie haben eine Besprechung, oder wie sie das nennen. Wegen dem Brand und was jetzt werden soll. Ich glaub, die haben alle Angst vor den Alten.«

»Aber du nicht?«

Mabel stemmte die Fäuste in die Taille. »Quatsch! Die Alten

sind viel zu alt, um mir was tun zu können. Wenn die kommen, renn ich einfach weg. Außerdem glaub ich nicht, dass die das Feuer gelegt haben. Die wollen doch, dass es dem Zirkus gut geht. Da machen die doch nichts kaputt.«
Justus pfiff leise. Das war ein interessanter Gedanke und er ärgerte sich ein wenig, dass er nicht selbst darauf gekommen war. Mal wieder brauchte es die Sicht eines kleinen Kindes, das völlig unvoreingenommen dachte. War das Gerede um das Wohl des »Finsteren Sterns« doch nur eine Farce? Ging es ausschließlich darum, Mitchell persönlich zu schaden? Steckte vielleicht ein enttäuschter ehemaliger Mitarbeiter dahinter?
Mabel versuchte, an Justus vorbei in das Zelt zu schauen. »Und was machst du jetzt hier?«, fragte sie noch mal.
Justus stellte sich ihr in den Weg. »Ich glaube, du musst trotzdem ins Bett, obwohl du deiner Mutter entwischt bist. Sie wäre bestimmt nicht begeistert, wenn sie wüsste, dass du hier rumläufst.«
»Du verrätst mich doch nicht?«
»Nicht, wenn du sofort zu eurem Wohnwagen gehst.«
»Na gut.« Das Mädchen drehte sich um und hüpfte zurück zum Festplatz.
Peter kam aus dem Zelt. »Was war los?«
»Nichts«, sagte Justus nachdenklich. »Bist du fertig?«
Der Zweite Detektiv nickte. »Alles bereit. Geh du zu Bob, ich bewache hier alles … Und dann lassen wir die Bombe platzen!«
In diesem Augenblick rief der dritte Detektiv auf Peters Handy an und bat sie, sofort zu seinem Auto zu kommen.

»Oder vielmehr«, ergänzte er, »zu Mr Coopers Jeep. Wir hätten ihn doch im Auge behalten sollen!«
»Was ist los?«
»Seht es euch selbst an.« Bob legte auf.
Trotzdem blieb Peter wie geplant zurück. Als Justus zum Parkplatz kam, sah er, wie Mr Cooper mit zu Fäusten geballten Händen neben seinem Auto stand. Der rechte Vorderreifen des Jeeps war platt, und etwas steckte darin.
Ein Stern.
Genauer gesagt, eine etwa einen halben Zentimeter dicke Metallscheibe, die in der Form eines Sterns ausgeschnitten und schwarz gestrichen war.
Ein finsterer Stern.
Zusätzlich klemmte unter einem der Scheibenwischer ein Zettel, auf dem mit schwarzer Farbe geschrieben stand:

Nun schlägt der
geschundene finstere Stern
zurück

★

»Okay«, sagte Justus leise, »und jetzt schlagen die drei ??? zurück!«
»Lass mich zuerst noch erzählen, was ich herausgefunden habe«, sagte Bob. »Ich glaube nämlich, dass wir mit unserer Vermutung recht haben. Es könnte Zufall sein, aber ich denke, unsere Gegnerin ist tatsächlich Loreen Greenwald – und sie hat einen Fehler gemacht!«
Der dritte Detektiv erzählte von seinem Gespräch mit Kel-

vin Mitchell. Wenn man von einer Altersspanne zwischen etwa 20 und 30 Jahren ausging, gab es unter den Gauklerinnen des ›Finsteren Sterns‹ genau vier Frauen.
Die Clownin Amalia, deren Nachname Bowers lautete.
Die Bauchladenverkäuferin Zoey Carson.
Mabels Mutter, die Wahrsagerin Susannah Hall.
Und Tobin Millers Ehefrau Veronica, der die drei ??? bislang noch nicht begegnet waren.
»Veronica ist schon im ›Finsteren Stern‹ geboren, weil ihre Eltern ebenfalls dazugehörten«, sagte Bob. »Es gibt diese Spukphänomene schon so lange – das passt eigentlich gut zu ihr. Ihre Eltern könnten damit angefangen haben, und sie führt das nun fort. Ist aber natürlich kein echter Verdacht. Die anderen drei Frauen sind jeweils seit etwa zwei Jahren dabei. Und natürlich heißt keine Loreen Greenwald. Aber mir ist etwas anderes eingefallen. Denk mal über die Namen nach. Angenommen, Loreen schleicht sich in den Zirkus ein und nimmt einen Decknamen an. Na?«
»Sehr gut, Kollege«, sagte Justus, der sofort begriff, worauf Bob anspielte. »Du hast recht! Wir sollten also genau darauf achten, wie unsere neue Hauptverdächtige auf Peters Falle reagiert …«

»Du bist die Nächste!«

Justus und Bob ließen Cooper bei seinem Auto zurück, um die Bombe unverzüglich platzen zu lassen.

Der Erste Detektiv hoffte, dass die Versammlung der Gaukler, von der Mabel erzählt hatte, immer noch lief. Das würde die Sache sehr vereinfachen. Wenn alle beisammen waren, konnten auch alle auf einmal informiert werden. Unumgänglich war, dass die vier Frauen – allen voran ihre Hauptverdächtige – anwesend waren. Justus erzählte Bob von der Versammlung und endete mit: »Wenn wir Glück haben, sind –«

Der dritte Detektiv unterbrach ihn grinsend. »Mit Glück hat das gar nicht viel zu tun, Just. Ich habe Mr Mitchell den Vorschlag gemacht, alle zu versammeln. Schließlich wusste ich ja, dass du mit Peter fleißig am Vorbereiten bist.«

»Nicht schlecht, Kollege«, sagte Justus. »Das läuft ja wie am Schnürchen!«

Die drei ??? waren eben ein gutes Team, was sich gerade wieder einmal zeigte. Auch wenn sie getrennt arbeiteten, liefen alle Fäden zusammen, sodass sie vereint zuschlagen konnten.

Die beiden erreichten die Versammlung, die vor dem Zirkuswagen noch immer im Gange war. Gerade sprach der ›Zwerg‹ Tobin Muller und sah dabei ziemlich unglücklich aus. Er saß neben Tobin Miller, dem Herrchen des Schimpansenmädchens. Harriet turnte auf dem Rücken der Clownin herum, die tatsächlich auch zu diesem Anlass und zu dieser späten Stunde ihre Verkleidung trug.

Ihre Verkleidung … Die drei ??? hatten das bislang als eine Art Macke abgetan, aber steckte vielleicht mehr dahinter? Verbarg Amalia Bowers etwas darunter? Vielleicht hatte sie vorhin noch einen Stern aus Metall unter dem Kostüm getragen, der nun in dem Reifen von Dustin Coopers Jeep steckte? Zum ersten Mal sahen die Freunde alle Schausteller zusammen. Es mochten etwa 30 Personen sein – nur Mabel fehlte. Das Mädchen hatte hoffentlich auf Justus gehört und war in seinen Wohnwagen gegangen.

Justus und Bob platzten mitten in die Versammlung. Der dritte Detektiv schnitt Tobin Muller das Wort ab. »Schon wieder!«, rief er. »Es ist schon wieder passiert!«

Harriet erschrak, sprang aufs Dach des Zirkuswagens, schwenkte die langen Arme und kreischte.

»Was? Wovon redest du?«, fragte der Zwerg, dem es gar nicht gefiel, unterbrochen zu werden.

»Die alten Schwestern! Sie haben schon wieder eine Botschaft hinterlassen!«

»Was?«, rief Mr Mitchell. Auch sonst machte sich aufgeregtes Gemurmel breit. »Wo?«, übertönte eine Stimme alle anderen, die die beiden Detektive jedoch nicht zuordnen konnten.

»Und diesmal wird jemand mit Namen genannt und konkret bedroht«, ergänzte Bob düster.

Das Gemurmel wurde lauter. Einige Gaukler sprangen auf.

»Das geht zu weit!«, rief Tobin Miller. »Wir müssen etwas tun!«

»Aber das Unheil …«, setzte die Clownin an, ehe jeder kreuz und quer durcheinanderrief.

Justus hatte auch die Bauchladenverkäuferin Zoey und Mabels Mutter entdeckt. Und neben Tobin Miller saß dessen Gattin Veronica. Sehr gut. Alle Verdächtigen waren damit zusammen. Und die Andeutungen genügten hoffentlich, alle neugierig zu machen. Falls eine der Frauen tatsächlich die Übeltäterin war, würde sie ganz besonders neugierig sein – schließlich wusste sie, dass sie selbst eben *keine* Botschaft hinterlassen hatte …

»Kommen Sie alle mit!«, rief nun Justus. »Das müssen Sie sehen!«

Ohne weitere Erklärungen rannte der Erste Detektiv zu Littlehorns Zelt. Bob behielt die Gaukler im Auge und beobachtete, ob alle folgten oder ob jemand versuchte, sich unauffällig aus dem Staub zu machen.

Vor dem Zelt hielt Justus inne. Peter war drinnen, doch das wusste niemand außer ihnen. Die Menge versammelte sich vor dem Eingang.

Justus entdeckte Bob, der ihm den hochgestreckten Daumen entgegenreckte: Alles in Ordnung. Der Erste Detektiv sah zufrieden, dass sich eine der verdächtigen Frauen nach vorne drängelte: ihre Hauptverdächtige. Ganz wie erwartet. Sie war neugieriger als alle anderen.

»Nun zeig es uns schon!«, forderte Zoey Carson.

»Aber gerne«, sagte Justus und öffnete das Zelt. Alle drängten hinter ihm hinein.

Die Nachricht, die dort nun auf dem Boden lag, lautete:

Du bist die Nächste, Loreen!

Gehörte Loreen Greenwald tatsächlich zur Truppe, zeigten die drei ??? ihrer Gegnerin, dass sie ihre wahre Identität kannten. Das musste für Daynas Urenkelin wie ein Schlag ins Gesicht sein – und konnte nicht spurlos an ihr vorübergehen. Und es schien, dass sie mit ihrer Vermutung richtiglagen. Ihre Hauptverdächtige wurde blass. Sie begann am ganzen Körper zu zittern, wenn auch nur einen Augenblick lang, ehe sie sich wieder unter Kontrolle hatte.

»Loreen?«, rief Tobin Muller. »Wer soll das sein? Ich kenne keine Loreen!«

Justus fühlte sich jetzt sicher genug, um voller Selbstbewusstsein zu rufen: »Ich schon! Und Sie alle auch! Wenngleich Sie sie unter einem anderen Namen kennen. Lassen Sie uns Ihnen eine Geschichte erzählen.«

»Eine Geschichte, die vor etwa hundert Jahren beginnt«, übernahm Bob. »Die beiden Schwestern Marley und Dayna Franklyn verkaufen den Zirkus an den Großvater von Kelvin Mitchell. Sie verlassen den ›Finsteren Stern‹. Dayna hat aber ein Kind, sodass die Familie Franklyn nicht ausstirbt. Heute leben noch zwei ihrer Nachfahren.«

»Eine davon«, ergriff Justus wieder das Wort, während er sah, dass Dustin Cooper sich zu den versammelten Gauklern gesellte, »nämlich Daynas Enkeltochter, haben wir gestern gesehen.« Auch wenn die drei ??? nach wie vor keine echten Beweise für die Theorie hatten, dass die Nachkommen der Franklyns für den »Spuk« beim »Finsteren Stern« verantwortlich waren, hatten sie ausgemacht, sie den Schaustellern als Tatsache zu verkaufen – um die potenzielle Täterin aus der Reserve zu locken. Alles sprach dafür, dass diese Theorie stimmte. »Die Enkelin heißt Emily und trat drüben auf dem Festplatz als ihre eigene Großmutter auf. Was gut passte, da sie sich selbst inzwischen im fortgeschrittenen Alter befindet. Die andere ist sehr viel jünger und wiederum ein Enkelkind – die Enkelin der Enkelin nämlich. Eine Frau, die als Loreen Greenwald geboren wurde.«

Der Erste Detektiv deutete auf die Kirschkernbotschaft und sprach nun den Punkt an, der noch völlig im Dunklen lag. »Obwohl vier Generationen zwischen Dayna und Loreen liegen, kehrt Loreen hierher zurück, zum ›Finsteren Stern‹ – und es gefällt ihr gar nicht, was hier läuft. Sie nutzt die bereits bestehende Legende der zwei Lebenden und der drei Toten aus, um ein erschreckendes Spiel zu beginnen. Sie geht gegen Sie alle vor, vor allem gegen den Besitzer Kelvin Mitchell … bis am Ende der Wohnwagen brennt.«

»Und mein Reifen zerstochen wird!«, rief Dustin Cooper.

»Auch das«, stimmte Justus zu.

»Warum sollte sich jemand darum scheren, was vor vier Generationen hier lief?«, rief einer der Gaukler.

»Eine gute Frage«, sagte Bob. »Das ist uns auch noch nicht genau klar, aber ich bin sicher, dass die Ururenkelin es uns erzählen könnte – sie ist hier.«

Justus nahm den Faden auf. »Natürlich lebt Loreen nicht unter ihrem echten Namen im Zirkus.« Er behielt ihre Hauptverdächtige genau im Auge. Sie wurde von Wort zu Wort unruhiger, zog sich unauffällig ein Stückchen zurück. Zufrieden sah Justus, dass Peter bereits reagierte und sich der Frau näherte. »Vielleicht ist Ihnen allen aufgefallen, dass die fünf Gründungsmitglieder alle ein Ypsilon im Vornamen

trugen. Auch im Fall der ersten Enkeltochter Emily blieb diese Tradition erhalten. Bei Loreen ist das nicht mehr der Fall. Aber Loreen sieht sich offenbar als eine echte Franklyn. Als sie ihren falschen Namen wählt, nimmt sie einen mit Ypsilon. Nicht wahr …« Justus machte eine kleine dramatische Pause, ehe er die Hand hob und auf ihre Hauptverdächtige zeigte. »Nicht wahr, Zoey?«
Die Bauchladenverkäuferin hatte sich inzwischen fast ans Ende der Menschenmenge zurückgezogen, warf sich nun herum und wollte losspurten. Damit war der letzte Beweis erbracht. Zoey war überführt und versuchte zu fliehen. Doch Peter stand bereits neben ihr und hielt sie fest.
Zoey reagiert ebenso rasch wie geschickt – sie rammte Peter den Ellenbogen in die Magengrube. Der Zweite Detektiv krümmte sich zusammen und ließ sie notgedrungen los.
»Haltet sie!«, rief Justus, während Bob bereits losstürmte – doch ihm standen zu viele Leute im Weg. Zoey rempelte die Clownin an, die rückwärts gegen zwei Männer fiel. Alle verloren den Halt. Zoey hatte freie Bahn und rannte los.
Peter überwand den ersten Schmerz und hetzte ihr nach.
Die Frau floh in die Dunkelheit der Felsenebene, weg vom Zirkusplatz und den geparkten Wagen. Offenbar wollte sie in der Finsternis untertauchen und sich irgendwo verstecken. Peter hörte, dass etliche der Gaukler ebenfalls zur Verfolgung angesetzt hatten. Er blieb Zoey auf den Fersen, holte auf, folgte ihrer Silhouette in der Dunkelheit. Sie näherte sich den Klippen, die zum Meer hin abfielen. Der Zweite Detektiv sah, dass sie stolperte. Sie verlor den Halt, kippte vornüber und schrie auf.

Sekunden später war Peter heran. Zoey lag am Boden, das rechte Bein steckte in einem Felsspalt am Klippenrand fest. Direkt unter ihnen rauschte das Meer. Wellen brachen sich tief unter ihnen.

»Sie hatten Glück«, sagte Peter. »Wenn Sie abgestürzt wären, hätte das übel für Sie ausgehen können.«

»Glück«, wiederholte Zoey mit ätzender Stimme. »Oh ja, ich fühle mich un-heim-lich glücklich.«

In dem Moment kamen die anderen heran. Zoeys Flucht war vorbei.

Später saßen sie zu fünft im Zirkuswagen – die drei ???, Kelvin Mitchell und Zoey, der der Weg zurück schwergefallen war. Ihr rechter Knöchel schwoll an und sie hatte auf Tobin Miller gestützt zum Festplatz zurückhumpeln müssen. Ein Arzt war bereits unterwegs – ebenso wie Inspektor Cotta, der damit zum dritten Mal in diesen Tagen zum »Finsteren Stern« kommen würde.

»Aber warum?«, fragte Bob. »Warum haben Sie das getan? Nach all den Jahren? Eigentlich verbindet Sie doch gar nichts mit dem ›Finsteren Stern‹ – es liegt vier Generationen zurück! Ich zum Beispiel weiß gar nichts über meine Ururgroßeltern.«

»Immerhin«, meinte Justus, »gibt es da noch Emily, die genau dazwischenliegt – Enkelin der Gründer-Schwester, Großmutter von Zoey. Sie kennen sie gut, nicht wahr? Kamen Sie ihretwegen zum ›Finsteren Stern‹?«

Zoey schaute ihn grimmig an. »Warum sollte ich dir sagen, was du wissen willst?«

»Weil es dem Richter, der Ihren Prozess führen wird, gefallen würde?«, schlug Peter vor. »Und weil Emily an Ihren Verbrechen beteiligt war … Das wird nicht einfach werden für die alte Frau, die …«
»Lasst sie bloß in Ruhe!«, giftete Zoey. »Na gut, ich erkläre es euch.« Sie senkte den Blick. »Es fing damit an, dass meine Großmutter mir aus ihrer Kindheit erzählte. Sie hat übrigens nichts mit der ganzen Sache zu tun – zumindest nicht mit dem, was in den letzten Wochen passiert ist. Sie hat gestern mitgespielt, aber sie dachte, es sei ein Scherz. Sie ist alt und versteht das alles nicht mehr richtig. Ich habe sie nach ihrem Auftritt abgefangen und zurück nach Los Angeles ins Altersheim gebracht. Lasst sie in Ruhe, ja?«
»Ich denke, das liegt im Bereich des Möglichen«, sagte Justus. »Aber es war Emily, die damals, als sie selbst noch jung war, mit dem Spuk angefangen hat, richtig?«
»Das ist fast fünfzig Jahre her!« Zoey seufzte. »Lasst es mich erklären, ja? So, wie sie es mir erklärt hat. Emily hat ihre Großmutter noch gekannt … und von ihr gehört, wie der Zirkus gegründet worden war und dann hatte verkauft werden müssen. An Kelvins Großvater, wie ihr wisst. Emily fasste daraufhin den Plan, sich wieder in den ›Finsteren Stern‹ einzuschleichen – ihn sozusagen zur Familie zurückzuholen. Sie kam unter falschem Namen zum Zirkus mit dem Ziel, den damaligen Besitzer zu heiraten.«
»Meinen Vater?«, entfuhr es Mr Mitchell.
»Genau den. Aber es funktionierte nicht. Er wollte Emily nicht – ohne übrigens zu wissen, wer die junge Frau wirklich war, die ihn hatte heiraten wollen. Also zog sich meine Oma

zurück, und um deinem Vater eins auszuwischen, inszenierte sie den Spuk – und die Legende nahm ihren Anfang. Meine Großmutter hatte einige verkleidete Auftritte und verbreitete Angst und Schrecken unter den damaligen Gauklern. Irgendwann verliebte sie sich, heiratete und vergaß die ganze Zirkussache. Doch im Alter kommen die Erinnerungen zurück. Vor zwei Jahren erzählte sie mir zum ersten Mal davon. Und weckte damit mein Interesse. Ich wollte wissen, woher meine Familie kam. Mir gefielen die Geschichten von früher, und so forschte ich nach. Ich wollte alles über den Zirkus meiner Vorfahren wissen. Ich fand heraus, dass es den ›Finsteren Stern‹ immer noch gibt. Ich war arbeitslos, also dachte ich, ich versuche hier mein Glück. Zuerst wollte ich mich zu erkennen geben … aber das kam mir seltsam vor. Also habe ich mich einfach so beworben.«

»Und ich habe dich angestellt«, sagte Mr Mitchell voller Abscheu. »Wenn ich gewusst hätte, was du vorhast …«

»Ich hatte gar nichts vor!«, erklärte Zoey. »Nur hier zu arbeiten. Mit euch zu leben. Aber mit der Zeit … na ja … Ich hatte hier nichts zu sagen. Du warst der Boss. Ich stand unter deiner Fuchtel! Und je besser ich den Zirkus kennenlernte, desto mehr wurde mir klar, dass er eigentlich mir gehören sollte! Ich war die Erbin! Ich!«

»Eben nicht«, stellte Bob klar. »›Der finstere Stern‹ wurde offiziell verkauft.«

»Ja und? Das ändert nichts daran, dass meine Vorfahren ihn gegründet hatten! Meine! Nicht seine!« Sie deutete auf Mitchell. »Das alles müsste mir gehören! Und irgendwann, während ich mit dem dämlichen Bauchladen herumlief, kam mir die Idee mit der Legende. Ich könnte doch die alte Überlieferung ausnutzen und Kelvin vertreiben. Sozusagen in die Fußstapfen meiner Großmutter treten. Kelvin alles madig machen. Und ihm, wenn er aufgibt, den Zirkus abkaufen. Natürlich billig, weil er ihn nur noch loswerden will. Emily hat etwas Geld und …« Sie brach ab.

»Und darum hast du einfach so mal meinen Wohnwagen angezündet?«, fragte Mitchell bitter.

»Ich wollte es ja gar nicht! Nur ein bisschen Feuer im Wagen, ich … ich dachte nicht, dass es gleich so stark übergreift! Das ist außer Kontrolle geraten! Ich bin nach draußen, habe ›Feuer‹ gerufen, und Amalia war so schnell mit dem Feuerlöscher da – aber da war es längst zu spät. Ich wollte das nicht!«

»Und warum haben Sie dann auch noch Mr Coopers Autoreifen zerstochen?«, hakte Peter nach.

»Die Idee hatte ich schon vorher. Um die Kunden zu vergraulen, damit Kelvin keinen Erfolg mehr hat. Als dann der Brand eskalierte, bin ich erst mal abgehauen. Ich bin völlig durchgedreht, und als ich auf dem Rückweg die Autos da noch habe stehen sehen, hab ich beim erstbesten Wagen …« Sie stockte und fing an zu weinen.

»Vielleicht wird der Richter Ihnen glauben«, sagte Justus. »Doch das ändert nichts dran, dass Sie einen groß angelegten Betrug gestartet haben, um den Zirkus billig kaufen zu können.«

Zoey schaute zu Boden.

Von draußen drang das Heulen der Polizeisirene herein. Für die drei ??? war es wie die Endmelodie ihres neuesten Falls, den Bob nun zu den Akten legen konnte …